그들은
바다에서 왔다

그들은
바다에서
왔다

국지호
장편소설

차
례

소운

저 아래에 무언가 있는 것이 분명했다.

벌써 삼십 분째 꼼짝도 하지 않고 자리에 앉아 있는 발밑으로 거무죽죽한 파도가 자꾸만 밀려왔다가 사그라지기를 반복하며 가래침 같은 하얀 거품을 잔뜩 뱉어냈다. 겨울에도 땅에 내려앉을 새 없이 흩날리다 사라져버리는 싸락눈조차 보기 힘든 이곳이라지만, 끝없는 바다를 향해 길게 뻗은 방파제 위로 성난 파도가 몰고 오는 바람은 연약한 살갗을 벌겋게 부르트게 할 만큼 충분히 차가웠다. 얼어붙은 콧구멍 아래로 아슬아슬하게 매달려 있던 노란 콧물이 아무렇게나 떨어져 내리며 지저분한 외투에 긴 흔적을 남겼다.

소운은 목을 움츠리고서 아프다 못해 간지럽기 시작한 얼굴을 검은 패딩 속으로 단단히 밀어 넣었다. 이제는 숨이 바짝 죽을 대로 죽어 종잇장처럼 얇아진 그 패딩은 오래전 어느 날, 그날따라 유난히 운이 좋았던 할매가 아무렇게나 쌓인 쓰레기 더미에서 폐지 대신 집어 올린 것이다. 그러나 그 뒤로 행운은 어떤 방식으로든 그들에게 다시는 찾아오는 법이 없었고, 엉성하게 꿰매놓은 겨드랑이는 자꾸만 해져 얼마 남지도 않은 싸구려 솜을 보란 듯이 토해냈다.

계절에 맞지 않는 얇은 바지 아래로 딱딱한 콘크리트 알갱이가 아프게 살갗을 찔러댔다. 오십 분마다 오는 유일한 마을버스를 놓치지 않으려면 그만 일어나야 했지만, 자꾸만 저 시커먼 바닷속에서 무언가가 튀어나올 것만 같아 소운은 어쩐지 눈을 뗄 수가 없었다. 조금만, 아주 조금만 더 가까이 다가가면 뭐가 보일 것도 같은데.

금방이라도 물에 닿을 듯 한껏 기울었던 몸이 등 뒤에서 들려온 바람 빠진 클랙슨 소리에 놀라 순식간에 제자리로 돌아왔다.

"조심해라. 그러다 아무도 모르게 고대로 물에 끌려 들어가 버려도 난 모른다."

이차선도로와 맞닿은 길 끝에 낡은 파란색 트럭이 정차해 있었다. 도색이 군데군데 벗겨진 트럭 안에서 누군가 소운을 향해 고개를 내밀었다. 곧 시내의 신축 아파트로 이사 간다는 소식에 마을 사람들이 다들 부러워하는 횟집 김 씨 아저씨였다. 덜덜거리는 시동 소리가 바람을 타고 시끄럽게 떠다니는 사이로 그보다 몇 배는 더 큰 아저씨의 목소리가 요란하게 공기를 잡아 뜯었다.

"거기 뭐 볼 게 있다고 아침부터 계속 그래 앉아가지고 있냐. 학생이 학교엘 가야 쓰지. 아니면 우리 동우도 지금 학교 가는데 같이 타고 가든가."

잠깐 머뭇거리며 검은 때가 잔뜩 낀 운동화를 내려다보던 소운은 하는 수 없이 바닥에 내려놓았던 가방을 집어 들고 엉거주춤 몸을 일으켰다.

"아우, 추워. 날씨가 갑자기 왜 이런대. 비라도 오려고 그러나."

얇은 캐시미어 카디건을 한껏 여민 채 종종걸음으로 뛰어온 영숙이 서둘러 트럭 조수석에 올라탔다. 그 뒤로 벌써 제 엄마보다 몸집이 커지기 시작한 동우가 느릿느릿 걸어오다 말고 대번에 얼굴을 찡그렸다.

"아들. 김동우, 뭐 해. 안 갈 거야?"

동우를 재촉하던 영숙의 시선이 소운에게 닿자마자 주름 하나 없이 팽팽했던 붉은 입술은 불쾌한 기색을 전혀 숨기지 않고 한껏 우그러들었다.

"얘, 넌 어른 보고도 인사도 안 하니?"

어느새 트럭 바로 앞까지 걸어간 소운은 어색하게 고개를 숙여 보였다. 들으란 듯이 세차게 콧방귀를 뀐 영숙이 팔짱을 단단히 걸어 끼는 옆으로 동우가 우악스럽게 차에 올라탔다. 일부러 잔뜩 힘을 주며 치고 간 그 두툼한 어깨에 트럭 앞에 서 있던 소운의 작은 몸이 날아가듯 뒤로 밀려나 금방이라도 넘어질 것처럼 휘청거렸다. 어찌나 아팠는지 자신도 모르게 새된 비명이 튀어나올 뻔했지만, 그 전에 김 씨 아저씨의 목소리가 모든 것을 가려주어 다행이었다. 히죽 웃는 동우의 얼굴을 보지 못한 척하며 소운이 냄새나는 패딩 안으로 어깨를 움츠려 얼른 표정을 감추었다.

　"그 조금씩만 더 당겨서들 앉아봐. 어차피 가는 길이니까 같이 타고 가면 좋잖아."

　"아, 아빠. 자리 없어요. 그냥 가요."

　"그래, 여보. 이 좁은 차에 앉을 데가 어딨다고 그래. 그리고 여기가 무슨 산골 오지도 아니고, 버스도 다니겠다 있을 거 다 있는데. 다 큰 애가 혼자서 학교 하나 못 가겠어? 애, 네가 말해 봐. 너 우리랑 같이 타고 가고 싶니?"

　세 쌍의 눈동자가 일제히 소운에게로 내려앉았다. 무슨 대답을 하는지 두고 보겠다는 듯 단단히 벼르고 있는 영숙의 쌍꺼풀진 커다란 눈과 마치 찍어낸 것처럼 영숙을 그대로 빼닮은 동우의 얄미운 얼굴이 차례로 지나쳐 갔다. 잔뜩 주눅 든 소운의 시선이 허공에서 한참을 흔들리다 멈췄다.

"······아니요. 저 혼자 갈 수 있어요."

얼마간 뒷걸음질을 친 소운이 트럭에서 조금 떨어져 섰다. 매캐한 검은 연기가 바닥을 타고 올라와 갑자기 참을 수 없이 눈이 시려왔다.

"거봐. 당신도 들었지? 얘, 동우야. 저기 창문 좀 닫아. 이러다 감기라도 걸리면 어쩔 거야."

"그러면 나중에 가게에 한번 들러라. 너희 할머니 드리려고 따로 폐지 모아놓······."

매정하게 닫아걸린 창문이 김 씨 아저씨의 말을 단번에 토막 내 허공에 흩뿌렸다. 병신. 동우가 소리 없이 내뱉은 욕이 푸르스름한 선팅지 위로 희멀건 입김을 만들어냈다. 소운은 이제야 막 어스름한 안개가 걷히기 시작한 도로를 거침없이 내달리는 트럭의 뒤꽁무니가 완전히 사라져버릴 때까지 한참을 그 자리에 서 있었다.

바다에서 떠밀려 온 바람이 다시 한번 소운의 뺨을 아프게 꼬집었다. 그러나 이번에는 그 안에서 난생처음 맡아보는 참을 수 없이 역한 비린내가 올라와서 소운은 금방이라도 토할 것처럼 속이 울렁거렸다.

*

"거지새끼가. 앞으로 한 번만 더 우리 아빠한테 달라붙기만 해. 그땐 형한테 말해서 죽을 만큼 때려달라고 할 거니까. 알겠냐?"

비듬이 군데군데 보기 싫게 내려앉은 정수리 위로 여전히 분이 풀리지 않았는지 한껏 씩씩거리는 목소리가 거칠게 쏟아졌다. 소운은 고개를 돌려 동우를 보는 대신 얼마 전까지 내렸다 그친 비를 잔뜩 머금은 흙바닥 위에 얼굴을 대고 웅크리고 누워 있을 뿐이었다. 괜히 쳐다보았다가 동우가 또다시 화를 낼까 봐 걱정된 탓이기도 했지만, 더 정확히는 방금 동우의 살집 두툼한 주먹이 치고 지나간 배가 숨을 쉴 수도 없을 만큼 아프게 뒤틀렸기 때문이었다.

이 모든 일이 일교시가 끝났음을 알리는 종이 메아리쳐 되돌아오기도 전에 일어났다는 사실은 새삼 놀라운 일도 아니었다. 그저 평소에는 수업이 다 끝난 청소 시간이나 집으로 돌아갈 때를 기다렸을 불행이 오늘은 동우가 아침부터 기분이 나빠진 탓에 조금 더 앞당겨 찾아온 것일 뿐이었다. 웬일로 당번을 같이 가겠다는 동우의 말을 한 번은 의심해봤어야 하는 건데. 뼈아픈 실수였다. 그래봤자 어차피 동우는 어떻게든 선생님의 눈을 피해 소운을 때릴 구실을 찾아냈겠지만.

"진짜야. 우리 형이 얼마나 센지는 너도 알지? 형한테 맞으면 넌 아마 오 분도 안 돼서 제발 살려달라고 울면서 빌게 될걸. 야, 백태. 너 설마 그렇게 되고 싶냐? 너도 너네 엄마 아빠처럼 세상 그만 살고 싶냐고."

더 큰 도시로 전학을 가게 되어 따로 떨어져 사는 동우의 형은 전국대회를 휩쓴 복싱 실력 말고도 여러 의미에서 모르는 사람이 없는 유명 인사였다. 표가 나지 않을 곳만 골라서 손을 쓰는 동우의 기술 역시 형에게 직접 몸으로 익혀 배운 것일 게 틀림없었다. 고된 훈련과 때마침 찾아온 사춘기에 맞물린 울분을 얼마 되지 않는 방학 내내 고강도로 풀어내던 형이 떠나고 나면, 이번에는 얼굴이 퉁퉁 부은 동우가 어른들의 눈에 띄지 않을 만한 곳을 골라 소운에게 고스란히 그 분풀이를 쏟아붓고는 했다.

언젠가 교과서 어느 페이지에서 색이 각각 다르게 칠해진 먹이사슬 표를 발견한 순간, 소운은 맥이 빠질 정도로 그동안의 궁금증이 한순간에 풀린 기분이었다. 전부 그 커다란 삼각형의 맨 밑바닥, 그러니까 가장 만만하고 약해빠져서 모두에게 잡아먹히고야 마는 초식동물의 눈 때문이었다. 지금 제 삶이 이렇게 된 것은 눈도 뜨지 못한 쭈글쭈글한 아기가 울음도 무엇도 아닌 애매한 무언가를 작은 입술 밖으로 내뱉었던 순간부터 그것이 이마 한가운데에 보란 듯이 붙어 절대 떨어지지 않았던 탓이리라.

소운은 자신과 똑같은 눈을 가진, 그러나 이제는 늙고 병들어 이따금 똥과 오줌을 지리기도 하는 낡은 이불 위에서 일어나지 못하게 된 할매를 생각했다. 그리고 그보다 더 자주, 한 번도 보지 못한 부모님의 이마에도 같은 것이 붙어 있었을까 궁금했다.

심장을 조이듯 얼얼하게 움츠러들었던 근육이 겨우 풀리기 시작하자 숨쉬기가 한결 편해졌다. 천천히 몸을 일으키자 언제 달라붙어 있던 것인지 모를 찐득한 비닐 하나가 머리에서 떨어져 내리며 팔랑거렸다. 소운은 쭈그리고 앉아 아무렇게나 흩어져 있는 쓰레기들을 하나하나 주워 담기 시작했다. 조금 떨어진 곳에 저마다 색을 다르게 덧씌워놓은 바닥의 벽돌 위로 기다란 지렁이 한 마리가 갈 곳을 잃은 채 덩그러니 남아 있었다.

저러면 안 되는데.

혼자는 언제나 눈에 띄기 마련이었다. 그리고 소운이 생각하기에 사람들은 그것을 본능적으로 알고 싫어하는 것처럼 보였다. 그게 돌봐주는 사람이 없는 어린아이건 집으로 돌아가는 길을 잃어버린 징그러운 지렁이건 그들에게는 똑같이 보고 싶지 않은, 서둘러 치워버리고 싶은 것에 불과한 것일지도 몰랐다.

"이게, 사람이 말하는데 듣지도 않고 뭘 보고 있는 거야. 이 딴 지렁이가 뭐가 대단하다고."

동우가 신경질적으로 바닥을 내리찍으며 그 위를 쿵쿵 뛰어 댔다. 흙탕물이 잔뜩 번진 새 운동화 밑창 아래로 잔뜩 찌부러 진 무언가가 언뜻 모습을 내비쳤다가 곧 다시 흔적도 없이 뭉 개졌다.

"우웩, 더러워. 이거 어제 새로 산 건데. 하여간 백태랑 있으 면 재수가 없다니까. 야, 담임한테는 너 혼자 갔다 와. 나도 같 이 쓰레기 버린 거다. 이상한 소리 하기만 해."

한껏 찡그린 얼굴로 몇 번이고 바닥에 운동화를 비벼대던 동우가 이내 안으로 들어가버렸다. 소운은 거무죽죽한 흔적만 남은 회색 벽돌에 눈길을 주지 않으려 애쓰면서 원래대로 배 를 잔뜩 불린 플라스틱 통을 들고 일어섰다.

그러게 내가 얼른 숨으라고 했잖아. 사람들한테 혼자 있는 걸 들키면 괴로워질 뿐이라고.

끌다시피 한참을 들고 간 통을 커다란 쓰레기장 안에 쏟아 붓는데 또다시 이상한 비린내가 콧속으로 흘러들었다. 머리가 빙글빙글 어지럽게 도는 것을 느끼면서 소운은 눈을 질끈 감 았다가 떴다. 오늘은 정말 아침부터 이상했다. 아무것도 먹지 못했는데 자꾸만 속이 제멋대로 요동쳤다.

"배가 고파서 그래. 그래서 그러는 거야."

소운은 작게 혼잣말을 했다. 그렇게 말하자마자 정말로 참을 수 없이 배가 고파져서 곧바로 조금 후회했다.

*

"백태, 백소운. 너 오늘도 안 씻었니?"

소운을 올려다보는 예쁜 얼굴이 한껏 일그러졌다. 무심결에 코를 틀어막은 알록달록한 보석이 박힌 분홍색 손톱이 곧바로 움찔거리며 슬며시 책상으로 떨어져 내리는 것이 느껴졌다. 하지만 소운은 자신이 교무실 문을 열고 나가기도 전에 담임이 바로 향수를 집어 들어 마치 세상에 유일하게 남은 산소인 양 힘껏 들이마실 것을 잘 알고 있었다.

"아니요. 그게…… 아침에 씻기는 씻었는데요. 아까 쓰레기 버리러 가다가 넘어져서요. 뭐가 좀 묻었나 봐요."

어깨를 으쓱거리는 소운을 한심하다는 눈초리로 흘겨보던 담임은 소운이 모아 온 종이 뭉치를 낚아채 책상 한구석에 던지듯 내려놓았다.

"알겠어. 그만 가 봐."

끝을 뾰족하게 다듬은 담임의 손톱이 조심성 없이 긁고 지나간 손등을 문지르며 소운이 꾸벅 고개를 숙이고 돌아설 때였다.

"잠깐만, 한 장이 비는데. 누가 안 낸 거야? 설마 백태 또 너야?"

뭐라 대꾸할 틈도 없이 신경질적으로 내뱉은 한숨 소리가 등 뒤로 따라붙었다.

"이거 캠프 얼마나 한다고 그걸 아끼신대. 너희 할머니는 어디 돈 빌릴 데도 없으시다니? 너 이거 이렇게 매번 혼자 빠지면 대체수업이다 뭐다, 내가 번거롭게 일 두 번씩 해야 하는 거 알고는 있니? 그래서 혹시 일부러 그러는 거야? 어? 그러니?"

빠르게 장수를 헤아린 종이 뭉치를 파일에 욱여넣으며 담임이 못마땅한 얼굴로 소운을 쏘아보았다. 목소리가 제법 컸던 모양인지 구역을 나눠 세워진 칸막이 너머로 얼굴 몇 개가 이쪽을 흘금거리는 것이 느껴졌다. 소운은 갑자기 불에 타기라도 한 듯이 달아오르기 시작한 귀를 아플 정도로 세게 잡아당기며 자신의 목소리가 새어 나가지 못하도록 담임 옆으로 조금 더 가깝게 붙어섰다.

"그냥 제가 가기 싫어서 그래요. 어차피 영어도 못하는데 가 봤자 재미도 없고. 반 애들도……."

제가 안 가면 더 좋아할걸요. 소운은 그렇게 말하려다가 그만두었다. 아마 말하지 않아도 담임은 벌써 알고 있을 것이다. 그래도 누군가 자신의 상황을 알고 있는 것과 자기 스스로 먼저 그것을 내뱉는 것은 전혀 다른 일이었고, 그렇다면 소운은 자신만 말하지 않는다면 모든 게 다 괜찮을 거라고 생각하고는 했다. 소운이 아니라고 말하면 아무것도 진짜로 일어나지 않은 셈일 테니까.

괜히 목 언저리가 알싸하게 쓰라린 것도 같아서 소운은 힘을 주어 침을 꿀꺽 삼켰다. 괜찮다고, 선생님은 다 이해한다고, 담임이 그렇게 말해주기를 기다렸지만 언제나처럼 돌아온 것은 싫은 기색을 간신히 눌러 참느라 무섭게 일그러진 새침한 얼굴뿐이었다.

선생님은 백태라고 안 불렀으면 좋겠는데.

소운은 교실 한구석에 멀찍이 떨어져 있는 자신의 자리로 돌아왔다. 저마다 무리를 지어 시끄럽게 떠드는 아이들을 부러운 듯 바라보는 어깨가 삐뚜름히 기울어졌다.

소운을 처음 백태라고 부르기 시작한 건 항상 동그란 안경을 어른스러운 몸짓으로 잔뜩 추켜올리곤 하는 반장이었다. 누군가 일부러 머리를 노리고 던진 피구공을 맞고 쓰러진 소운을 한참을 서로 떠넘긴 끝에 하는 수 없이 반장이 보건실로 데리고 갔던 날이 아마 그 시작이었을 것이었다.

꼬박 한 교시를 누워 있다 교실로 돌아왔을 때는 이미 보건선생님의 말투까지 제법 비슷하게 흉내 낸 반장의 말이 교실을 몇 바퀴 돌고 돌아 모두의 귀에 들어가고 난 뒤였다. "얘, 근데 너 집에서 양치 안 하니? 냄새도 그렇고 혀에 백태가 아주 한가득이야. 보니까 충치도 여러 개 있는 것 같고. 부모님이 뭐라고 안 하셔? 요즘엔 일학년들도 다 자기 이는 잘 닦던데, 너는 좀 심하다. 네가 몇 학년이라고?"

이제 아이들은 소운을 이름 대신 백태라고 불렀다. 그리고 성의 없는 꾸지람과 무언의 용인 사이를 기준 없이 오가는 담임이라고 해서 별반 다를 건 없었다.

고기 먹고 싶다. 얼음이 동동 낀 차가운 냉면도.

온갖 낙서와 욕이 어지럽게 덧씌워져 알아보기도 힘들어진 책상 위에 엎드려 고개를 파묻으면서 소운은 먹고 싶은 음식들을 천천히 떠올렸다. 일주일마다 노란색 조끼를 입고 나타나 도시락을 주고 가던 자원봉사자들은 이제 한 달에 한 번밖에 오지 않았다. 그 말은 곧 어디에 있는지도 모를 할매의 통장으로 다음 달분의 지원비가 들어오기 전까지는 아무도 그들을 신경 쓰지 않을 거라는 뜻이기도 했다. 억지로 잠을 청하느라 속으로 하나둘 세던 숫자가 세 자리를 넘기고부터는 자꾸만 순서를 까먹고 헷갈렸다.

그만 자자. 자면 하나도 배 안 고파.

점점 아기가 되어가는 할매가 매일같이 잠만 자는 것도 아마 그래서일지 모른다. 가물거리던 눈이 느리게 닫히고 소운은 그대로 생각하던 것을 잊어버렸다.

*

느닷없이 잠이 깨버린 것은 얇은 슬레이트 대문을 거칠게 두드리는 소리 때문이었다. 소운은 제게 철썩 달라붙어 잠들어 있는 할매의 몸을 조심스럽게 떼어내며 일어섰다. 기저귀를 채워놓은 탓에 불룩하게 솟아오른 바지춤에서 희미한 똥내가 나는 것도 같았다. 문을 열기 전에 엉성하게 벌어진 틈 사이로 소운은 이미 밖에 서 있는 사람이 집주인인 명자라는 것을 알아차렸다. 그러나 명자 역시 소운을 봤을 것이 틀림없었기에 집에 없는 척하는 것은 포기해야 했다. 아무도 자신을 보지 못하게 투명 인간이 되어버렸으면 좋겠다고 생각하며 소운은 최대한 느리게 얼굴을 내밀었다.

"할머니는 어디 가고 네가 나오는데? 가서 할머니 좀 불러와 봐라. 어른들끼리 할 얘기가 있으니까."

멀찍이 떨어져 있는 가로등의 희미한 불빛을 등지고 선 명자의 얼굴은 검은 그늘을 잔뜩 뒤집어써서 그런지 마치 한데 뭉쳐놓은 점토 반죽처럼 보였다.

"그게…… 할머니 잠깐 요 앞에 폐지 주우러 가셔서 지금 안 계시는데요."

"이 밤에? 보니까 리어카도 안 들고 갔는가 본데."

시퍼런 아이라인 아래의 시선이 지저분한 마당 한구석에 가

22

닿자 소운은 명자가 그 너머까지는 들여다보지 못하도록 얼른 문에 바싹 붙어 섰다.

"횟집 아저씨가 줄 게 있다고 하셔서요. 정리 다 해놨다고 와서 들고 가기만 하면 된다고요. 제가 간다고 했는데 할머니가 그냥 마실 삼아서 천천히 걸어갔다 오신다고 그랬거든요."

"아이고, 노인네도 참. 올 때마다 이래 타이밍이 안 맞는다. 전화를 해도 받지도 않고. 알았다, 그러면 할머니 오시는 대로 나한테 전화 좀 달라 해라. 중한 일이라고, 까먹지 말고 꼭 바로 말 전해야 된다."

가로등 아래에 세워놓은 배달용 스쿠터로 걸어가는 명자를 초조하게 쳐다보던 소운이 대문 밖으로 몸을 반쯤 내밀었다.

"아줌마, 근데 무슨 일이신데요?"

"뭐가? 아, 아니다. 그거는 너희 할머니랑 얘기할 거지, 애들은 몰라도 된다."

"그래도요."

어느새 어두컴컴한 길 한가운데까지 걸어 나간 소운의 그림자가 기이한 모양새로 늘어졌다.

"할머니가 요즘 귀가 더 나빠져서 전화를 잘 못 들으세요. 저한테 알려주시면 제가 대신 할머니한테 말할게요. 그러면 아줌마도 또 여기까지 안 오셔도 되잖아요, 네?"

땅바닥에 걸쳐놓은 다리 하나가 막 위로 올라가려다 말고 멈칫하며 스쿠터 옆구리를 차는 소리가 요란했다. 잠시 망설이는 얼굴로 서 있던 명자가 어깨를 가볍게 으쓱거렸다.

"참, 이게 애랑 할 얘기는 아닌데. 아니, 근데 뭐. 또 못 할 말도 아니고. 있지, 너랑 너네 할머니가 여기 처음 이사 왔을 때 돈을 얼마간 냈단 말이지. 나한테 매달 주는 거 말고, 그걸 뭐라 해야 되나……."

"보증금이요? 저도 알아요. 복지 센터 선생님이 말씀해주셨어요. 할머니랑 저랑만 사니까 이제 저도 그런 건 알고 있어야 된다고요."

"그래? 그럼 뭐 말이 쉽겠네. 니 지금 여기 월세가 다섯 달 넘게 밀린 거는 아나? 그동안은 우리가 모르는 사이도 아니고, 돈은 보증금에서 까도 되니까 나도 별말은 안 했는데. 이제 그것도 없다. 당장 다음 달부터는 다시 돈을 내든가, 아니면 아예 짐 싸서 나가든가 해야 된다고. 그 말 하려고 왔다. 내 말 무슨 말인지 알아들었나?"

차가운 물방울이 얼굴 위로 흩날리는 것을 느끼며 소운은 방파제에 엎드려 조금 토했다. 며칠간 먹은 것이라고는 쌉쓰름한 수돗물뿐이라 나오는 건 희멀건 침이 전부였지만 그래도 울렁거림은 한결 나아졌다. 그대로 바다를 향해 한껏 내리뜬 눈꺼풀 아래로 금방이라도 바닷물 위로 떨어질 것처럼 굵은 눈물방울이 아슬하게 매달려 있었다. 상태가 더 나빠지기 전에 언젠가 할매가 소운을 앉혀놓고 신신당부했던 말이 문득 떠올랐다.

아무도 할매가 아프다는 사실을 몰라야 된다. 들키면 다 끝이다.

복지 센터 사람들이건 학교 선생님이건, 할매가 점점 이상해진다는 것은 누구도 알아서는 안 되었다. 몇 년을 매일같이 폐지를 주우러 다니던 길도 잊어버리고, 소운이 몇 살인지도 깜빡거리다가 결국에는 할매 자신이 누구인지조차 생각해내지 못하리라는 것을 알아차리는 순간, 그들은 소운을 할매에게서 멀리 떨어뜨려놓을 것이었다. 다시는 서로를 찾지 못할 정도로, 아주 멀리.

"할매는 절대로 니 혼자 그런 데서 살게 안 둔다. 알았나. 할매는 하나도 문제없다. 다 괜찮아질 거다. 그냥…… 나이가 많아서 그런 거다. 그래, 그런 거다."

어쩌면 그때 그렇게 말하는 것으로 할매는 자신마저 감쪽같이 속이며 잠시나마 위안을 받았을지도 몰랐다. 이제 할매는 완전히 아기가 되어버려 아무것도 묻지도 바라지도 않았다. 그저 주름진 몸을 잔뜩 웅크리고 한평생 밀린 잠을 자는 것처럼 밤이고 낮이고 가리지 않고 잠들어 있을 뿐이었다.

지금 여기에 엄마 아빠만 있었더라도.

투박한 폴더폰에서 흘러나온 불빛이 소운의 얼굴에 푸르스름한 점을 찍었다가 사라지기를 반복했다. 바탕화면 속 사진의 젊은 부부는 언제나처럼 소운을 향해 활짝 웃고 있었다. 아직 소운이 태어나지도 않았을 때가 분명한 그 시절의 엄마는 지금의 담임보다도 어려 보였다.

나도 엄마 아빠가 있었으면 좋겠어. 나랑 할매를 지켜주는 가족이.

조금은 분한 듯 또 조금은 서러운 듯 헐떡이며 내뱉는 울음소리가 성난 파도 소리에 묻혀 어느새 어디에서도 들리지 않게 되었다.

한바탕 울고 나 벌겋게 달아오른 얼굴로 소운은 다시 씩씩하게 일어났다. 가서 잔뜩 축축하고 무거워졌을 할매 기저귀도 갈아주고, 수급 통장이 어디 있는지도 찾아봐야 했다. 그동안은 할머니가 나를 지켜주었으니 이제는 내가 할머니를 그리고 우리를 지켜야 한다고, 소운은 작은 입술을 힘껏 오므리며 생각했다. 휴대전화 플래시에 의지해 한 걸음 한 걸음 집으로 나아가는 걸음에 어느덧 제법 힘이 실려 있었다.

작은 그림자가 어둠 속으로 완전히 사라지고 난 빈 방파제 위로 유난히 짙은 적막이 내려앉았다. 그리고 곧 철썩거리는 파도 소리가 무언가에 가로막혀 어딘가 다른 기이한 울림을 만들어냈다. 그 길고 긴 울부짖음이 서서히 잦아든 것과 거의 동시에 그림자 하나가 천천히 방파제 위로 미끄러지듯 올라왔다. 얼마 지나지 않아 그 뒤로 똑같은 형상 하나가 더 따라붙었다. 그들은 완전한 사람의 모습을 하고 있었다. 크고 작은 남녀가 한 몸처럼 완전히 붙어선 채로 천천히 소운이 사라졌던 길을 따라 걸어가기 시작했다. 그들이 지나간 자리에는 작은 물방울 하나 떨어져 있지 않았다.

　바람에 이리저리 흔들리는 슬레이트 대문을 사이에 두고 눈앞에 서 있는 남자와 여자를 올려다보는 소운의 입이 저절로 아무렇게나 벌어졌다.

　"이거요? 그럼 이거는요?"

　이러다 마당에 있는 온갖 물건들을 가리킬 기세로 소운은 또래보다 한참은 작은 손가락을 힘주어 폈다. 아무런 말 없이 가만히 서 있는 남자 대신 고개를 돌려 주위를 살피던 여자가 문이 반쯤 열린 화장실을 천천히 가리켰다.

　"화장실이요? 아, 화장실이 가고 싶어요?"

　마침내 말이 통했다는 듯 얼굴이 밝아진 소운은 자신보다 어린아이를 대하듯 여자의 손을 잡아당겨 화장실로 데려갔다. 가까이서 본 여자의 손은 할매의 것처럼 온통 쭈글쭈글했다. 그러나 징그럽다는 생각은 들지 않았다.

　예전에 딱 한 번 할매와 목욕탕에 갔을 때가 생각났다. 돈이 아깝다며 머리가 어지러워질 때까지 탕 안에 앉아 있게 한 덕분에 목욕탕에서 나왔을 때는 소운의 손가락도 지금의 여자처럼 이상한 모양이 되어 퉁퉁 불어 있었다.

아마 아줌마도 물속에 너무 오래 있었나 봐.

소운은 그렇게 생각했다. 의기양양하게 변기 쪽으로 여자를 데려갔던 소운의 얼굴이 얼마 지나지 않아 다시 울상이 되었다. 여자의 몸짓이 의미하는 바를 몇 번이고 머리가 아프도록 고민해본 끝에, 소운은 마침내 그들이 바라는 것이 몸을 온전히 담글 만한 무언가라는 사실을 알아차렸다.

"혹시 욕조 말하는 거예요? 근데 그런 거는 우리 집에 없는데…… 대신 할매랑 나는 이거를 쓰는데……요……."

지저분한 마당 한가운데 불그죽죽한 고무 대야가 어울리지 않게 자리를 잡았다. 여자는 싫은 내색도 무엇도 없이 마치 물놀이를 하려는 아이처럼 그 안으로 들어가 조용히 몸을 구부렸다.

아, 아저씨 것도.

소운은 얼른 창고에서 똑같은 것을 하나 더 찾아내 먼지를 닦고 여자가 들어간 대야 옆에 조심히 내려놓았다.

낡은 고무 대야 두 개에 나란히 들어앉은 어른 남자와 여자 그리고 그 위로 쉴 새 없이 물을 퍼 나르는 아이의 모습은 어떤 식으로도 설명하기 어려운 이상함을 자아냈다. 그러나 정작 땀까지 흘려가며 양동이를 들고 화장실과 마당을 오가는 소운은 그런 생각을 할 겨를도 없이 열심이었다. 지금 소운의 머릿속에는 오래전에 고장 나 더는 사람도 온도도 덥혀주지 못하는 보일러에 이미 익숙해진 자신과 달리 그들에겐 물이 너무 차가워서 놀라지 않을까 하는 걱정뿐이었다.

오래 목욕탕에 앉아 있다 나온 사람처럼 온몸에 주름이 잡혀 있던 여자와 남자의 몸이 서서히 펴지며 평범한 모습으로 돌아오기 시작했다.

스무 번째쯤 가득 채운 양동이를 들고 나타났을 때, 소운이 본 것은 처음 봤을 때의 묘한 이질감은 사라지고 완전한 어른의 모습을 한 채 서 있는 남녀 둘이었다. 그들이 앉아 있던 고무 대야에는 이제 물이라고는 단 한 방울도 남아 있지 않았다.

"저기……. 근데요, 진짜로 누구세요? 우리 집에는 왜 온 거예요?"

자신이 말하면서도 소운은 어쩐지 너무 늦은 질문이라고 생각했다. 할매가 보면 낯선 사람들을 집에 들였다고 혼낼지도 모르겠다고, 이제야 걱정이 조금 되기도 했다. 여자는 대답 대신 소운에게 손을 내밀었다. 유난히 희고 긴 손가락 끝이 어슴푸레한 달빛을 튕겨내듯 빛나고 있었다.

그때 눈앞의 남녀를 유심히 쳐다보던 소운이 무언가를 생각해낸 듯 별안간 휴대전화를 열고 둘을 번갈아 쳐다보았다. 사진 속에서 튀어나오기라도 한 것처럼 그들은 소운이 매일같이 들여다보는 엄마 아빠의 모습과 똑 닮아 있었다.

"뭐야……. 거짓말, 말도 안 돼……. 지, 진짜예요?"

한껏 떨리는 목소리가 공기 중을 가냘프게 맴돌았다. 말도 안 된다는 것을 알면서도 그만 그것을 믿고 싶어질 정도로 지금 자신은 달콤한 꿈을 꾸고 있는 건지도 몰랐다.

소운아, 이리 와. 엄마야.

여자는 분명 그렇게 말했다. 물기를 머금어 윤기가 나는 입술은 조금도 움직이지 않은 채였다. 조금 망설이던 소운은 눈시울을 붉히며 여자에게로 쭈뼛쭈뼛 걸어갔다.

다른 사람들도 나처럼 이렇게 생생한 꿈을 꿀까.

그러나 활짝 웃는 여자의 얼굴을 보는 순간, 소운은 마침내 어쩌면 이건 꿈이 아니라 진짜일지도 모른다고 믿게 되었다. 이제껏 꿈속에서 엄마는 웃지도, 자신에게 말을 걸지도 않고 늘 사진처럼 가만히 서 있을 뿐이었으니까. 참았던 숨을 내뱉듯 울음을 터뜨린 소운이 여자에게 달려가 안겨 그 품을 힘껏 끌어당겼다.

마침내 나한테도 엄마가 생겼어.

남자가 천천히 다가와 그 둘을 한꺼번에 감싸안았다.

아빠도. 내 소원이 진짜로 이루어졌나 봐.

금방이라도 심장이 터질 것같이 벅차올랐다. 할 수만 있다면 소운은 온 마을을 뛰어다니면서 소리쳐 자랑하고 싶은 마음이었다. 처음 맡아보는 엄마의 냄새는 어딘가 바다를 닮아 있었다. 소운은 그것도 마음에 들었다. 잘못하면 사라져버리기라도 할까 봐 작은 손에 모든 힘을 실어 매달리듯 잡고 있는 엄마의 팔뚝이, 그렇게 많은 물을 쏟아부었는데도 젖은 곳 하나 없이 말끔하게 말라 있는 것이 이상하다고 알아차리기에는 소운은 지금 지나치게 행복했다.

*

더럽고 재수 없는 백태, 백소운이 하루아침에 달라졌다는 것을 가장 먼저 알아차린 것은 하루가 멀다고 소운을 괴롭히는 일에 앞장서는 동우였다. 여전히 똑같은 옷을 입고 뒤축이 낡아 다 떨어진 꼬질꼬질한 운동화를 신고 다녔지만 소운은 더 이상 냄새가 나지도 매일같이 축 처진 어깨를 구부정하게 말고 다니지도 않게 되었다. 한술 더 떠 뭐가 그리 신나는지 수업 시간에도 혼자 실실 쪼개는 바람에 선생님에게 혼나기도 여러 번이었다. 동우는 어쩐지 그런 소운이 여간 신경에 거슬리는 것이 아니었다.

"야, 백태. 뭐냐, 너 요즘 이상하다. 진짜로 머리가 어떻게 된 거 아니냐."

동우가 잔뜩 구긴 종이공을 냅다 내던졌다. 소운의 머리를

맞고 튕겨 나간 하얀 동그라미가 바닷물 위를 이리저리 떠다
니다 무겁게 물을 머금고는 보이지 않는 바다 아래로 천천히
가라앉았다. 그래도 뭐가 그리 좋은지 그 모습을 바라보고 앉
은 소운은 여전히 한껏 입꼬리를 추켜올린 채였다.

"그게……. 아니야, 아무것도."

"씨. 뭐야, 재수 없게. 너 또 맞고 싶냐?"

때리는 시늉을 해봐도 평소와 달리 원하는 반응이 나오지
않자 동우는 그만 맥이 풀려버렸다. 괜히 심술이 나 바닥을 쿵
쿵거리며 화풀이를 하던 새하얀 운동화가 잠시 망설이다 소운
의 옆으로 가 철퍼덕 주저앉았다.

마을에 하나뿐이던 초등학교가 폐교되어 없어지고, 그곳에
서 공부하던 각기 다른 학년의 아이들 열 명이 한꺼번에 시내
의 초등학교로 전학을 가게 되기 전까지는 동우도 소운과 제
법 사이가 좋은 편이었다. 씻는 걸 어지간히 싫어하는지 늘 떡
이 져 있는 머리와 까맣게 때가 낀 손톱이 거슬릴 때도 있었지
만, 동우는 무슨 말을 해도 늘 웃으면서 자신의 말을 들어주는
소운이 나쁘지 않았다. 엄마 아빠가 없는 것도, 지저분하고 냄
새나는 좁은 집에 사는 것도 다 그 애가 선택한 것은 아니었으
니까. 그러나 학교가 바뀌면서 동우는 금세 반 아이들 모두가
소운을 끔찍이도 싫어한다는 사실을 알게 되었다.

아이들의 세계는 때론 어른들이 생각하는 것보다 훨씬 더

잔인했다. 그리고 그 안으로 막 떠밀려 들어간 동우는 형을 통해 일찌감치 깨우친 대로 자신이 살아남기 위해 망설임 없이 가장 안전해 보이는 선택지를 골라잡았다.

"동우야. 있잖아, 너는 어떨 때 행복해?"

"또 이상한 소리 한다. 그러니까 애들이 널 싫어하는 거야."

그렇게 윽박지르면서도 동우는 나름대로 대답을 곰곰히 생각해보는 눈치였다.

"형이 날 안 때릴 때? 옛날에는 형이랑 친했었는데, 이제는 형이 집에 안 왔으면 좋겠어. 맞는 건 지긋지긋해."

무심결에 내뱉어놓고도 괜히 말했다 싶었는지 동우가 멋쩍게 머리를 긁적이며 소운을 쳐다보았다.

"너는? 백태, 아니 백소운. 너는 언제 행복할 거 같은데."

"나는…… 지금! 동우야, 나는 지금 너무너무 행복해. 너무 행복해서 갑자기 무서워질 만큼."

처음 보는 소운의 환한 미소에 동우는 그만 잠시 멍해졌다. 그러나 곧 그런 자신을 깨닫고는 괜히 화를 내며 고개를 돌려버렸다.

"완전 바보 아니야. 행복한데 왜 무섭냐. 행복하면 그냥 좋은 거지."

"그런가? 맞아, 그러네. 역시 동우 너는 똑똑하다, 고마워."

"뭐가."

그러나 소운은 대꾸하지 않고 그저 눈앞의 바다를 오래도록 바라보고 있을 뿐이었다. 평소 같았으면 자신의 말을 무시했다며 소운을 흠씬 때려주었겠지만, 오늘은 어쩐지 이상한 날인 게 틀림없었다. 동우는 입까지 조금 벌린 채로 매일같이 봤지만 새삼 낯설게 느껴지는 소운의 옆얼굴에서 눈을 떼지 못했다.

"고마우니까 특별히 너한테만 내가 비밀 하나 알려줄게."

소운이 씩 눈꼬리를 접으며 동우를 돌아보았다. 그렇게 웃는 얼굴이 어찌나 밝게 빛나는지, 동우는 그 순간만큼은 허옇게 버짐이 핀 입술 아래로 들여다보이는 누런 이마저도 아무렇지 않게 느껴질 정도였다.

"꼭 이루어졌으면 하는 소원이 있으면, 바다에다가 빌면 돼. 그럼 진짜로 그렇게 될 거야."

그게 무슨 바보 같은 소리냐고 동우는 한마디 쏘아주려다가 그냥 그만두었다. 대신 조금 빨개진 얼굴로 방파제 위로 굴러다니는 작은 콘크리트 알갱이를 주워 바다로 힘껏 내던졌다. 그건 어쩌면 햇빛에 반짝이는 바다가 그날따라 너무 예뻐서, 그 바람에 그 바다 위로 나란히 앉은 소운마저도 평소와는 조금 다르게 보였기 때문일지도 몰랐다.

학교에 갔다 오면 엄마와 아빠가 흔적도 없이 사라져버리진
않았을까 소운은 무서웠다. 그래서 처음에는 집 밖으로, 아니
엄마 옆에 딱 달라붙어서는 어디에도 가지 않으려고 안간힘을
썼다. 엄마와 나란히 누워 미역처럼 부드럽게 미끈거리는 엄
마의 머리카락을 손가락으로 돌돌 말아 쥐다 보면 쥐 오줌이
얼룩진 누런 천장도, 온기라고는 없는 차가운 장판도 어느샌
가 흐릿해지고 꿈을 꾸듯 몽롱한 기분만이 남곤 했다. 이대로
아무것도 하지 않고 영원히 누워만 있어도 좋겠다는 마음이
들 때도 있었다.

그러나 소운은 이내 마음을 고쳐먹었다. 아무도 그들에게
신경을 쓰는 사람은 없었지만, 일단 뭔가 이상한 점이 있다고
생각하고 나면 분명 복지 센터 선생님이든 누구든 나타나서
집 안을 들여다보려고 할 것이었다. 그러면 결국엔 할매가 아
픈 것도, 엄마와 아빠가 돌아온 것도 모두 알려질 터였다. 그렇
게 되는 것만은 막아야 한다는 본능적인 예감이 오늘도 어김
없이 소운의 발걸음을 무겁게 대문 밖으로 이끌었다.

홀로 남겨진 할매가 가만히 눈을 끔뻑이다가 다시 기나긴
잠에 빠져든 한낮의 햇살 아래로 복지 센터의 복지사 하나가
소운의 집 앞에 멈춰 서 대문을 두드렸다.

"할머니, 할머니. 안에 계세요?"

그러나 아무리 기다려도 굳게 잠긴 대문 너머로는 조그만 인기척 하나 느껴지지 않았다.

"할머니, 계시면 잠깐 나와보세요. 쌀이랑 먹을 것 좀 가져왔는데, 온 김에 잘 계시나 확인 좀 하게요."

여전히 묵묵부답인 집 안을 흘긋거리던 복지사가 잠깐 망설이다가 하는 수 없이 문 앞에 챙겨온 봉지들을 하나씩 내려놓았다. 그러고는 수첩을 찢어 무언가를 적고는 대문 사이에 단단히 끼우고 나서야 마지못해 돌아서서 걸어갔다.

불청객이 완전히 사라지고 난 자리 위로 끼익, 하고 살며시 대문 열리는 소리가 내려앉았다. 그러나 그곳에는 아무도 없었다. 대신 바닥으로 떨어져버린 종이만이 바람에 너풀거리다가 어딘가로 사라졌다. 아무 일도 없었다는 듯 다시 문이 닫히고 다 낡아 녹슨 걸쇠가 걸리는 소리가 그 뒤를 따라 느리게 지나치며 스산한 휘파람을 내지르다 곧 잠잠해졌다.

*

어디서 그런 기력이 나오는지 뼈마디가 불거질 정도로 삐쩍 마른 몸을 잔뜩 흔들어대며 고래고래 내지르는 소리가 요란했다. 아주 가끔 정신이 돌아올 때면 할매는 무서운 것이라도 본 것처럼 엄마를 향해 눈을 부릅떴다. 소운이 중간에서 막아도 보고 화도 내보았지만 할매는 자신이 그토록 그리워하던 딸이 마침내 눈앞에 있다는 사실을 어떻게든 믿지 않으려는 사람처럼 보였다.

"할매, 그만해라. 엄마라고. 할매는 엄마도 못 알아보겠나."

"소운아, 할매가 아무리 다 늙고 꼬부라졌다고 해도 그래 놀리먹는 거 아니다. 저게 어떻게 니 엄마가. 저거는 사람이 아니다. 귀신이다."

입가에 허연 거품이 피어오르는 줄도 모르고 할매는 소운이 등 뒤로 숨긴 엄마를 향해 나뭇가지같이 앙상한 팔을 아무렇게나 휘둘러댔다.

"니 뭐 할라고 여기 왔는데. 나 잡아갈라고 왔나, 엉? 이제 그만 이 질긴 목숨 내놓으라고? 안 된다. 저 생때같은 거를 두고 내가 어떻게 죽을 수가 있나. 나는 못 간다. 그러니까 니 맘대로 해라. 누가 뭐래도 나는 절대로 안 죽을 거니까."

그러나 정신을 잃으면 할매는 순식간에 다른 사람처럼 변해서 몇 시간이고 엄마 손을 붙들고 그 얼굴이며 몸을 하염없이 쓰다듬고는 했다. 혼자서는 아무것도 하지 못하는 아기가 되어 많은 것을 잊어버렸어도, 엄마가 자신의 아이였다는 사실만큼은 할매의 머릿속 어딘가에 결코 사라지지 않고 단단히 매달려 있었던 모양이었다.

소운을 찾아왔던 밤이 지나고 낮이 지나고 또다시 새로운 밤이 찾아왔어도 엄마와 아빠는 여전히 아무도 말이 없었다. 말을 하지 못하는 것인지, 하고 싶지 않은 것인지 소운은 궁금했지만 꾹 참기로 했다. 쓸데없는 것을 물어보면 소운을 귀찮다고 생각하고 떠나버릴지도 몰랐다. 그러면 소운은 정말로 슬퍼질 것이었다. 할매가 이상하다는 것을 처음 알게 되었을 때보다도 더. 그래서 소운은 아무것도 바라지도, 떼를 쓰지도 않고 얌전하게 착한 아이가 되기로 다짐했다. 착한 아이는 누구나 좋아한다고 어른들이 항상 말하곤 했으니까.

엄마가 깨끗하게 씻기고 말려준 머리를 엄마의 무릎에 대고 누워 잠에 빠질락 말락 하면서도 소운은 몇 번이고 그 자리에 엄마가 있는지 고개를 들어 확인했다. 손가락으로 꼬박 열 번까지 세고 나서야 소운은 그제야 안심한 얼굴로 엄마의 옷자락을 한 손에 꾹 움켜쥐고서 눈을 감았다.

모든 것이 완벽했던 저녁을 망쳐놓은 것은 다시 나타난 명자였다. 대문이 모두 뽑혀 나갈 정도로 흔들리는 소리를 들으면서 소운은 몸을 떨었다. 어느새 또 정신을 놓고 아기로 돌아가버린 할매도 이불을 뒤집어쓴 채 퀭한 눈을 불안하게 두리번거렸다. 소운은 가만히 옆에 앉아 있는 엄마의 손을 힘주어 잡았다. 그저 숨을 죽이고 집에 없는 척을 하면 명자도 언젠가는 포기하고 그냥 돌아갈지도 몰랐다. 그러나 그런 소운의 마음을 읽기라도 한 것처럼 아빠는 천천히 고개를 내저을 뿐이었다.

소운은 뒤늦게 아빠를 따라 마당까지 내려가놓고도 어떻게 해야 할지 몰라 한동안 자리에 그대로 서 있었다. 말도 하지 못하는 아빠가 어떻게 명자에게 그간의 일들을 설명한다는 것인지. 명자가 결국엔 동네 사람 모두에게 그들의 비밀을 퍼뜨리지는 않을까 덜컥 겁이 났다. 결국 소운은 소리가 나지 않도록 까치발로 마당을 가로질러 벌어진 문틈에 단단히 눈을 붙이고 섰다.

아빠의 얼굴은 소운을 등지고 있어 보이지 않았다. 반쯤 가려진 명자의 모습만이 희미한 가로등 아래서 어지럽게 흔들렸다. 한참을 혼자서 뭐라 중얼거리던 명자가 갑자기 팔뚝을 홰홰 쓸어내리며 스쿠터 위에 올라탔다. 굉음을 내며 달려가는 스쿠터 소리가 귀를 아프게 잡아 뜯었다가 순식간에 아득히 저 아래로 멀어졌다.

"아빠가 아줌마한테 얘기했어요?"

문 앞에 서 있는 소운을 보고도 아빠는 아무런 표정도 짓지 않으며 차분한 손짓으로 대문을 걸어 잠갔다.

"뭐라고요. 뭐라고 했는데요. 아빠?"

소운을 가만히 내려다보던 아빠가 다시 마당을 걸어갔다.

그 뒤를 쫓아가 옷자락을 붙잡는 작은 얼굴이 초조함으로 희멀겋게 물들어 있었다.

"그럼 이제 아줌마 더 이상은 우리 집에 안 와요?"

언제나처럼 대답 대신 소운의 머리를 단조롭게 쓰다듬고는 아빠는 방으로 들어가버렸다. 아무도 들어올 수 없게 굳게 닫힌 대문 너머를 건너다보며 소운은 무언가 불안한 듯 터서 갈라진 입술 껍질을 잘근거렸다. 그러나 이내 아빠의 뒤를 따라 방으로 뛰어가는 발소리가 마당을 한바탕 때렸다가 잠잠해졌다.

커다란 배달 바구니를 뒤에 매단 명자의 스쿠터가 쏜살같이 도로를 내달렸다. 그 위로 눈이 멍하게 풀린 얼굴이 시퍼렇게 질린 채로 마치 남의 것처럼 매달려 있었다. 기묘한 인상을 자아내는 그 조합은 신호가 바뀐 것도 상관없이 그대로 어둠을 뚫고 사라져버렸다. 그 바람에 막 손때가 타 여기저기 갈라진 가죽 핸들을 오른쪽으로 힘껏 돌리던 춘식의 트럭은 하마터면 옆구리를 그대로 들이받힐 뻔했다. 희뿌연 연기를 내뱉으며 간신히 멈춰 세운 트럭 안에서 춘식은 앞으로 확 쏠린 몸을 돌려 명자가 사라진 곳을 멍하니 쳐다보았다.

"저 양반이 정신이 나갔나. 갑자기 왜 저런대. 완전히 혼이 나간 얼굴을 해가지고서는."

그러나 놀란 마음을 가다듬을 새도 없이 뒤에서 꼬리를 물고 이어지는 자비 없는 기계음 무리에 낡은 트럭은 다시 힘겹게 시동을 걸고는 가던 길을 마저 미끄러져 지나쳤다.

모든 것이 잠들어버린 깊은 밤중에 소운은 갑자기 알 수 없는 이상한 기분에 등이 떠밀린 채로 눈을 떴다. 어디서 바람이 들어오는지 참을 수 없이 으슬으슬한 한기가 돌아 자기도 모르게 몸을 떨었다. 그러다 소운은 뭔가를 알아차린 듯 옆에 웅크리고 누운 할매를 힘주어 흔들었다.

"할매, 할매. 좀 일어나 봐라."

작은 동물처럼 한껏 웅크린 할매는 꿈쩍도 하지 않았다. 언제 흘린 건지 모를 끈적거리는 땀에 자꾸만 미끄러지는 소운의 손가락 아래로 쭈굴쭈굴한 살갗이 차갑게 식어 있었다. 소운의 눈가가 금세 벌겋게 물들었다.

"할매…… 무섭게 왜 그러는데. 얼른 일어나보라니까."

그때 소운의 어깨를 누군가 부드럽게 잡아 멈추었다. 그 손길이 너무나 다정해서 소운은 마치 투정을 부리는 아이처럼 엄마의 품으로 파고들어 제멋대로 떨리는 얼굴을 단단히 숨겨놓았다.

"엄마, 할매가……."

어둠 속에서 조용히 일어나 앉은 엄마는 다 안다는 듯 소운의 볼을 천천히 어루만질 뿐이었다.

"전화해야 돼요. 119, 119에 신고해야……."

엄마는 가만히 고개를 가로저었다. 그 옆에서 잠들어 있는 줄만 알았던 아빠가 어느샌가 일어나 먼저 밖으로 나갔다.

"아빠는 어디 가는 거예요? 아빠! 엄마…… 아빠가……."

소운은 무섭고 당황스러워서 금방이라도 울음을 터뜨릴 것 같은 얼굴이 되었다. 어둠 속에서 소운이 내뱉는 가쁜 숨소리만이 어지럽게 떨리는 가운데 엄마가 몸을 기울여 귓속말로 무언가를 속삭이기 시작했다. 곧 소운의 눈이 동그랗게 커지며 가득 고였던 맑은 눈물을 볼 위로 가볍게 흩뿌렸다.

다시 굳게 다물린 입술 위로 어둠과 골라낼 수 없을 정도로 같아진 엄마의 눈동자가 소운을 기다리는 것처럼 가만히 눈앞의 작은 얼굴을 내려다보았다. 잠시 망설이던 소운은 마침내 결심한 듯 고개를 끄덕이며 손바닥으로 눈물을 야무지게 훔쳐냈다. 어느덧 엄마의 것과 모습도 색도 똑 닮아진 한 쌍의 눈이 결연히 다짐을 되새기듯 몇 번이고 밝게 빛났다.

*

까마득한 오래전 하나뿐인 딸 부부를 먼저 앞세우고 혼자서 폐지를 팔아 손녀를 키워오던 장 씨 할머니의 죽음을 처음으로 발견한 것은, 암묵적으로 마을의 반장 노릇을 도맡고 있는 슈퍼집 명철이었다. 며칠 새 도대체 어디서 나는 것인지 꼬릿 꼬릿 이상한 냄새가 말도 못 한다며 어느 집 똥 탱크가 또 터진 것이 아니냐는 말이 사람들 사이에서 비어져 나오기 시작했다. 그 성화에 못 이겨 며칠을 시간 날 때마다 이 집 저 집을 돌아다니며 확인한 끝에 명철은 마지막으로 바람을 고스란히 맞아 대문이 아무렇게나 떠밀리고 있던 장 씨 할머니 집 앞까지 흘러든 참이었다.

어쩐지 기분 나쁘게 등허리를 타고 흐르는 불안한 예감을 애써 억누르며 들어선 집 안은 벌레 소리 하나 들리지 않고 고요했다. 그리고 비좁은 방 한 칸이 전부인 그곳에 괴상한 무언가가 무덤처럼 솟아올라 있었다. 잔뜩 흔들리는 눈으로 조금 더 가까이 다가가 보니, 그것은 낡은 이불과 옷가지들을 있는 대로 그러모아 몇 겹으로 두껍게 쌓아놓은 것이었다. 마치 누군가 감기라도 걸릴까 잔뜩 걱정한 것처럼 냄새나고 해진 이불 사이마다 티셔츠며 바지가 돌돌 말린 채로 조금의 틈도 없이 메워져 있었다. 그리고 명철이 그토록 찾던 장 씨 할머니는 가뜩이나 금방이라도 땅에 닿을 듯 굽어 있던 등이 뼈만 앙상하게 말라붙은 채로 그 아래에 잠자듯 누워 있었다.

떨리는 손으로 안을 들추어 보자마자 얼굴이 허옇게 질려 뛰쳐나온 명철이 부른 구급차가 할머니의 시신을 실어 가고 시내에서 넘어온 경찰이 이것저것 묻고 돌아간 뒤에도 사람들은 좀처럼 이상한 점을 느끼지 못했다. 그날따라 유난히 이어진 관광객들을 상대하느라 영업시간을 한참 넘기고서야 소식을 듣고 뛰어온 횟집 사장 춘식이 아무나 붙잡고 묻기 전까지는.

"애는요? 여기 같이 살던 애가 안 보이는데. 왜, 우리 동우랑 같이 학교 다니는 여자애 하나 있다 아닙니까."

그길로 마을이 발칵 뒤집혔다. 몇 날 며칠을 마을 사람들이 순번을 정해 아이가 있을 만한 곳을 뒤엎고 다녔고, 얼마 후에는 인근 군부대까지 나서서 대대적인 수색 작업을 벌였다. 아이의 행방을 찾는 전단이 사람들의 시선이 닿을 만한 곳이면 어김없이 나붙었고, 지역 뉴스에도 때마다 모두의 제보를 촉구하는 문구가 그 위로 커다란 띠지를 두른 채 쉴 새 없이 흘러나왔다.

그러나 시간이 흐를수록 상황은 더 나빠지기만 했다. 아이의 모습이 찍힌 시시티브이가 나왔다는 소식에 누구랄 것도 없이 모두 반색을 하며 달려들었지만, 정작 그중에 쓸 만한 부분이라고는 학교에서 돌아오던 아이가 홀로 버스에서 내려 마을 쪽으로 걸어가는 삼십 초 남짓이 전부였다. 마치 아무도 찾지 못할 곳으로 숨어버리려고 작정한 것처럼 아이의 흔적은 지나치다 싶을 정도로 어디에도 남아 있지 않았다.

"선생님은 자기 반 학생이 며칠이 되도록 학교를 안 나오는데 걱정도 안 됐습니까? 좀만 신경 써서 들여다봤어도 일이 이

지경까지는 안 됐을 건데. 그 어린애가 지금 혼자서 뭘 하고 있을지. 아마 어디서 얼어 죽지만 않았어도 다행이겠지요."

일부러 들으라는 듯이 혀를 차며 지나가는 남자를 애써 못 본 척하며 미지는 입술을 깨물었다. 자발적으로 조를 짜서 마을이며 시내를 가리지 않고 수색에 나선 학부모 중 하나였다. 그 부인이 지난 스승의 날 때 은근슬쩍 자기 애를 통해 제법 비싼 선물을 보내와 미지도 똑똑히 기억하고 있었다.

성의를 생각해서 걔 특별히 혼도 안 내고 잘 봐줬더니.

신경질적으로 들고 있던 나무 막대기로 검불을 쑤시는 미지의 얼굴이 한없이 일그러졌다. 일 년만 더 견디면 그토록 원하던 대도시로 발령이 날 참이었는데, 그새를 못 참고 성가신 일이 벌어지고야 만 것이었다.

하여간에 백태 그건 끝까지 말썽이야.

교사 일을 시작한 뒤로 처음 겪는 일도 아니었다. 아무도 돌보지 않는, 늘 더럽고 그 나이라면 당연히 알고 있어야 할 것도 아무것도 모르고, 제발 자기 좀 봐달라는 듯 끊임없이 사고만 치고 다니는 그런 애들. 백태도 그런 많고 많은 애 중 하나일 뿐이었다. 그리고 미지는 이미 그런 부류라면 생각만 해도 몸서리를 칠 정도로 신물이 나 있는 상태였다.

고작 백태 같은 애들 뒤치다꺼리나 하려고 잠도 안 자고 그 몇 년을 머리 빠져가며 공부한 게 아니라고.

화풀이를 하듯 땅을 힘껏 푹푹 쑤셔대던 손놀림이 점차 느려졌다. 몇 겹의 선크림을 꼼꼼히 덧바른 흰 얼굴 위로 무언가를 걱정하듯 초조함이 빠르게 번져나갔다.

그래도 만약에, 진짜로 만약에 개한테 무슨 일이 생긴 거면 어떻게 하지. 짜증 나. 이럴 줄 알았으면 전화라도 한번 해보는 건데.

무리를 지어 이곳저곳 바쁘게 돌아다니는 어른들 사이로 당분간 단축수업을 하게 된 탓에 일찌감치 학교에서 돌아오던 아이들이 저마다 부모를 찾아 먹이를 기다리는 새끼 새처럼 쉴 새 없이 종알거렸다. 해맑게 깔깔거리는 그림자들을 복잡한 표정으로 내려다보던 춘식이 그 가운데서 낯익은 얼굴을 발견하고는 두툼한 눈썹을 불만스럽게 올려 떴다.

"다른 데로 새지 말고 곧장 집으로들 가. 아저씨가 조금 이따 가서 다 확인한다. 야, 동우야. 넌 또 왜 여기 와 있어. 오지 말라니까. 아버지가 바빠서 지금은 너 못 데려다주니까 가게에 가 있어. 엄마한테는 아버지도 곧 간다고 하고. 아, 얼른."

떠밀리듯 왔던 길을 다시 돌아가며 동우는 아버지를 흘긋 돌아보았다. 할 말이 있었는데. 잠시 망설이던 동우는 길 위의 애꿎은 돌멩이를 걷어차며 가게가 있는 곳까지 한 번도 쉬지 않고 곧장 뛰어 내려갔다.

"니 아버지는 또 거기 가 있드나. 아이고, 참말로. 누가 보면 자기 자식 없어진 줄 알겠네. 가뜩이나 그 뉴스 때문인지 손님도 딱 끊겨서 누구는 지금 속이 타 죽겠구만. 아, 언니. 거기는 이슬 말고 진로 두 병이라고 했잖아. 까먹지 말고 계산서에 잘 달아두고!"

직원을 향해 앙칼지게 소리치던 영숙도 일기예보가 흘러나오는 텔레비전을 보며 내심 신경이 쓰인다는 듯 작게 중얼거렸다.

"뭐 한다고 날도 안 풀리고 더 추워진대. 비라도 안 와야 될 건데. 어디 들어가 있을 데는 있으려나."

그런 영숙을 흘금 쳐다보던 동우는 아무 말 없이 가게 안에 딸린 작은 방으로 들어갔다. 가방 안에서 여러 번 접힌 종이를 꺼내 펼쳐 보는 동우의 눈썹이 제 아버지와 똑 닮은 모양으로 호를 그리며 구부러졌다.

종이에는 빈말로도 잘 그렸다고는 할 수 없는 솜씨로 그려진 가족이 있었다. 나란히 선 네 사람이 그림 속에서 모두 활짝 웃고 있었다. 매번 얼굴을 보기 힘들 정도로 허리를 굽힌 채 리어카를 끌고 다니던 장 씨 할머니도 이번만큼은 키가 두 배는 더 커진 채로 꼿꼿이 서 있었다. 그 옆으로 젊은 남자와 여자의 손을 나란히 잡은 여자아이가 있었다. 동우는 그들의 머리 위에 제 나이보다 한참은 어린아이가 쓴 듯한 삐뚤빼뚤한 글씨로 적힌 문장을 소리 없이 따라 읽었다.

행복한 우리 가족.

동우는 통지서 뒷장에 연필로 그려진 그 그림을 소운의 책상 서랍에서 몰래 꺼내 가져왔다. 여태 학교에서 가족을 그려 오라고 할 때마다 한 번도 제대로 숙제를 낸 적이 없는 소운이었다. 아무리 선생님에게 혼이 나고 손바닥을 맞아도 그때마다 그 애는 그저 바보처럼 웃기만 했다.

소운의 옆에 있는 남자와 여자는 한 번도 본 적 없는 얼굴이라고 생각하다가 곧 동우는 다시 고개를 가로저었다. 딱 한 번이기는 했지만 분명 동우는 그들을 본 적 있었다. 회색빛 재생지 위에서 활짝 웃고 있는 여자아이를 보는 순간, 동우는 그날밤 보았던 소운의 얼굴을 떠올렸다.

*

맞은 자리가 뒤늦게 알싸하게 욱신거렸다. 도대회에서 우승을 하고 돌아온 형을 축하하느라 가게 문을 닫고 이어진 파티는 자정이 다 되어서야 겨우 끝이 났다. 시간이 늦어 새로 이사 간 아파트로 가는 대신 형과 동우는 가게에 남기로 했다. 내일 일찍 아버지가 다시 형을 학교에 데려다줄 것이었다.

오랜만에 형제끼리 다정하게 자겠다며 동우에게 어깨동무

를 하는 형은 유난히 기분이 좋아 보였다. 어릴 때는 종종 바쁜 부모님 때문에 가게에서 형제 둘이서만 잠들기도 했었다. 그저 평소처럼 그 앞에서 설설 기며 비위만 맞췄어도 그렇게 언어맞을 일은 없었을지도 몰랐다. 그러나 그 순간 동우는, 자신도 그 이유를 정확히 설명할 수는 없지만 언젠가 소운이 뜬금없이 물어보았던 질문을 떠올렸다. 그리고 마침내 형이 중학교에 올라가고부터는 자신은 단 한 번도 행복했던 적이 없다는 사실을 똑똑히 깨달았다. 그래서 동우는 처음으로 형에게 맞서보기로 했다.

단순히 운이 좋았던 탓이겠지만 한참 빗나가기는 했어도 제손으로 형의 턱을 한 대 날려주었을 때는 정말이지 하늘을 나는 것 같은 기분이었다. 물론 화가 머리끝까지 난 형에게 부위를 가리지 않고 죽도록 언어터질 때는 그런 생각을 한 것을 조금 후회하기도 했지만.

더 맞다가는 진짜로 죽겠다 싶을 때쯤 동우는 형이 한눈을 팔자마자 못 본 사이 더 단단해진 몸을 밀치고 가까스로 가게를 뛰쳐나왔다. 그러고는 형이 쫓아올까 봐 겁에 질려 운동화도 제대로 신지 못하고서 그대로 어두운 골목길을 한참 내달렸다. 숨이 턱끝까지 차오르고 목구멍 깊은 곳에서 비릿한 피맛이 날 때쯤에야 동우는 제멋대로 다리가 풀려 주저앉고는 뒤를 돌아보았다. 쫓아오는 사람은 없었다.

형이 잠들 때까지는 다시 돌아갈 수 없을 터였다. 마을을 하염없이 돌아다니다 보니 어느새 방파제가 있는 곳까지 와버렸다. 잠깐의 흥분은 식어버린 땀방울과 함께 증발해버리고 엉망으로 가라앉은 기분만 남은 탓인지 밤바다에서 밀려오는 바람이 유독 차갑게 느껴졌다. 으슬으슬 몸을 떨며 바람을 피해 있을 곳을 찾아 두리번거리던 동우의 눈에 무언가 들어온 것은 그때였다.

그것은 얼핏 보면 어둠과 조금도 분간할 수 없이 한데 얽혀 있는 사람의 형상이었다. 조금 더 가까이 다가가 보니 여자애 하나가 방파제 끝에 아슬아슬하게 서 있었다. 동우는 잔뜩 부어올라 떠지지 않는 눈을 힘겹게 문질러 떴다. 뿌옜던 시선이 한결 또렷해지며 낯익은 얼굴 하나를 고스란히 담아냈다.

백소운. 쟤가 왜 이 시간에 여기에 있어.

이상하다고 생각할 겨를도 없이 그 이름을 부르려고 했을 때 동우는 그만 입을 멍하니 벌린 채로 멈춰 설 수밖에 없었다. 조금 전까지도 혼자였던 소운의 옆에 어느새 누군가 서 있었다. 남자와 여자였다. 다정하게 소운을 내려다보고 있는 얼굴이 불빛 하나 없는 어둠 속에서도 이상하리만치 밝게 반짝거렸다. 남자와 여자의 손을 나란히 잡은 소운의 얼굴은 그 어느 때보다도 평온해 보였다. 소운이 그들을 향해 고개를 비스듬히 돌리고 무언가 말한 순간, 갑자기 모든 것이 어두워졌다. 마치 세상의 모든 빛이 작정하고 사라져버린 것만같이 온통 아무것도 보이지 않는 암흑뿐이었다.

저 멀리 건너편 등대에서 돌아온 불빛이 방파제 위로 다시 스쳐 지나가자 동우는 눈을 동그랗게 뜬 채로 벌떡 자리에서 일어났다.

사라졌다!

백소운도, 그 어른들도 순식간에 사라져버렸다. 끊임없이 몰아쳤다 밀려가는 파도 소리만이 그 자리에 남겨진 전부였다. 동우는 홀린 듯이 그 앞으로 걸어가다 잠시 머뭇거렸다. 어쩐지 더는 다가가서는 안 될 것 같은 기분이었다. 마지막으로 본 소운의 얼굴은 모르긴 해도 세상 누구보다 행복해 보였다.

그걸 방해해서는 안 돼. 백소운도 한 번쯤은 자기가 원하는 걸 가질 수도 있어야 하니까.

동우는 그대로 몇 걸음 뒤로 물러서서 이제는 아무것도 남지 않은 바다를 가만히 건너다보았다.

"너무 많이 맞았나 봐. 하다 하다 백태 꿈까지 다 꾸고 말이야."

꿈이 아니란 걸 알면서도 동우는 일부러 소리 내어 그렇게 말해보았다. 마치 그렇게 말하면 모든 것이 진짜가 될 것 같은 기분마저 들었다.

*

"동우야, 김동우. 나와서 밥 먹어."

문밖에서 영숙의 목소리가 들려왔다. 동우는 보고 있던 종이를 얼른 접어 아무도 모르는 자신의 보물들을 넣어놓는 철제 과자 통의 가장 깊숙한 곳에 밀어 넣었다.

내가 네 비밀 지켜준 거야. 그러니까 고마우면 너도 나중에 내 비밀 하나 지켜.

어른들에게 말해야 할까 생각해보지 않은 건 아니었지만, 동우는 결국 그러지 않기로 했다. 우리에게도 남들이 알지 못했으면 하는 자기만의 사정 같은 것들이 있는 법이니까.

그리고 중요한 건 이제 백소운은 자기가 바라던 대로 행복해졌다는 거였다. 그거면 충분했다. 저절로 미소가 지어지는 바람에 찢어진 입술 위로 선홍빛 핏방울이 맺혀 또다시 쓰라렸지만, 그것도 그런대로 나쁘지 않다고 동우는 생각했다.

진겸과 연호

있잖아, 그 얘기 들어봤어?

저기 남쪽 어디에 가면 소원을 들어주는 바다가 있다는 거.

아, 웃지 말고. 진짜라니까. 다른 애들도 벌써 다 알고 있던데. 암튼 거기에 방파제가 하나 있는데, 그 끝까지 걸어가서 발아래를 가만히 내려다보고 있으면 바다 아주 깊은 곳에서 뭔가가 널 찾으러 올라온다는 거야.

그때 거기다 대고 그 순간 네가 가장 바라는 한 가지를 말하면 정말 그대로 다 이루어진다는 거지.

그것들이 뭔지, 왜 나타나는지는 아무도 몰라.

아마 거기 사는 사람들한테 물어봐도 누구도 대답 못 할걸. 그래도 한 가지 확실한 건 그 바닷속에 뭔가 엄청난 비밀이 가라앉아 있다는 거야.

자기들이 그곳에서 아주 오랫동안 기다려왔다는 걸 알아주길 바라면서.

전에 우리 반 반장도 거기 가본 적이 있었는데 걔는 아무것도 못 봤대. 그러면서 다 누가 지어낸 이상한 소문일 뿐이라고, 그런 걸 믿는 바보도 있냐고 막 화를 내더라고.

근데 있지, 나는 왠지 진짜로 그 아래에 뭐가 있을 것도 같아. 언제나 볼 수 있는 게 아니라고 해서 그게 꼭 세상에 없다는 말은 아니잖아?

어쩌면 그것들은 무엇이든 될 수 있어서 결국 아무것도 아니게 된 걸지도 몰라. 네가 무언가를 간절히 원하는 순간 그게 곧, 바로 그들 자신이 되어버리는 걸지도.

그래도 조심해야 해.

바라는 대로 이루어지는 게 꼭 좋은 것만은 아닐 수도 있잖아. 네가 그들의 존재를 알아차린 순간 그들 역시 너를 찾아낸 것일 테니까. 그러니까 내 말은.

뭐야. 벌써 쉬는 시간 끝났네. 우리 이번 시간 체육이라 옷 갈아입어야 되는데.

아, 또 뭐 얘기해줄 게 있었는데 까먹었다.

맞다. 진겸아, 나 너 체육복 좀 빌려주라. 응?

왜 하필 지금 그 이야기가 떠오른 걸까. 누구에게 들은 건지 이젠 기억도 나지 않는데.

진겸은 보이는 것이라고는 아무것도 없는 어둠뿐인 바다를 가만히 내려다보았다. 말도 안 되는 소리라는 건 알고 있었다. 그래도 어쩌면 그 모든 게 진짜일지도 모른다고 생각하자 갑자기 참을 수 없이 속이 울렁거렸다. 금방이라도 자신을 집어삼킬 것처럼 매섭게 몰아치는 파도와 가까워질수록 진겸은 두려우면서도 그 끝에 도대체 뭐가 있을지 조금이라도 빨리 알고 싶어 가슴이 욱신거렸다.

딱 한 번만이라도 좋으니까, 모든 걸 되돌릴 수만 있다면.

그렇게만 된다면 그게 뭐든, 무슨 대가를 치러야 하든 진겸은 하지 못할 게 없다고 생각했다. 저 아래 깊은 곳에 어떤 끔찍한 괴물이 자신을 기다리고 있대도 진겸은 기꺼이 그것에 대고 자신이 원하고 또 원하는 단 하나의 소원을 속삭일 테니까.

방파제가 끝나는 곳에 멈춰 서서 진겸은 떨리는 눈으로 바다를 향해 천천히 몸을 숙였다.

그러나 그곳엔 아무것도 없었다.

고개가 힘없이 떨어지며 간신히 참아왔던 울음이 걷잡을 수 없이 터져 나왔다.

이렇게 될 줄 알고 있었잖아. 이제 정말 나한테 남은 건 아무것도 없어.

그렇게 생각하자마자 온몸에 힘이 쭉 빠지며 진겸은 언제라도 눈앞의 바다로 떨어져버릴 수 있다는 듯이 비틀거렸다. 손에 쥐고 있던 우산이 붙잡을 새도 없이 손가락 사이를 미끄러지며 끝없는 바다 저 어딘가로 떠밀려 내려갔다. 어느새 더 거세진 빗줄기가 머리 위로 매섭게 쏟아져 내렸지만 진겸은 더는 아무것도 느끼지 못했다.

진겸아.

어지러운 빗소리를 뚫고 들려온 것은 코끝이 아릴 만큼 다정하고 따스한 목소리였다.

동시에 듣자마자 온몸이 벌벌 떨리고 힘껏 입술을 깨물어 애써 비명을 삼킬 수밖에 없는 끔찍한 것이기도 했다. 진겸이 믿을 수 없다는 얼굴로 천천히 소리가 난 쪽을 돌아보았다. 가득 내리쬐는 햇살 속에서 어디에 있어도 단번에 알아볼 새하얀 얼굴이 빛을 받아 반짝거렸다.

연호가, 이 모든 것의 시작인 그 아이가 진겸을 보며 눈이 부시도록 환하게 웃고 있었다.

*

벌써 몇 번이고 제멋대로 비어져 나오는 하품을 삼키면서 진겸은 쑤시는 몸을 이리저리 가만두지 못하고 꼼지락거렸다.

저 앞에서 자꾸만 눈치를 주는 담임의 시선을 피해 있는 힘껏 기지개를 켜던 진겸의 눈이 어느새 뒤에 와 서 있던 누군가와 마주쳤다. 하얀 얼굴의 말끔한 인상을 가진 여자애였다. 강당 안으로 비쳐드는 햇빛을 머금은 갈색 머리가 유난히 밝게 빛나는 아래, 아직 젖은 끄트머리에서 떨어진 물방울로 교복 어깨가 둥글게 젖어 있었다. 그 애가 자신을 똑바로 보며 씩 웃자 솜털이 인 볼에 깊게 보조개가 파였다. 진겸은 화들짝 놀라 얼른 고개를 돌려 앞을 바라보았다. 한 줄로 길게 늘어선 고만고만한 머리통들이 산만하게 흔들리는 것을 멍하니 지켜보던 고개가 다시 조심스럽게 뒤로 돌아갔다. 아이는 여전히 아까 본 그대로 입술 끝을 활짝 틀어올린 채였다.

"늦잠 잤거든. 그래서 그냥 안 오려고 했는데, 오길 잘했네."

서두르는 기색이라고는 없이 어쩐지 조금은 지나치게 자신만만해 보이기까지 한 그 웃음이 그 애보다 더 잘어울리는 사람은 없을 거라고, 진겸은 자신도 모르게 그 미소를 따라 웃으며 생각했다.

"담임 온다. 앞에 봐."

아이가 가볍게 진겸의 어깨를 찌르며 눈짓으로 어딘가를 가리켰다. 곧 진겸을 지나쳐 등 뒤에 멈춰 선 담임과 아이가 나누는 목소리가 연단 위에서 쉬지 않고 이어지는 마이크 소리와 겹치며 묘하게 어긋난 화음을 만들어냈다. 자신보다 훨씬 더 어른 같은 그 애의 목소리를 들으며 진겸은 어쩐지 연호와 친해질 것만 같은 기분 좋은 예감이 들었다. 아니, 꼭 그 애와 친구가 되었으면 좋겠다고, 혹시라도 누가 듣지는 않을까 꼭 다문 입술 사이로 몇 번이나 중얼거렸다.

얼마 지나지 않아 그토록 원하던 대로 연호는 곧 진겸의 둘도 없는 단짝 친구가 되었다. 연호는 성격도 좋아하는 것도 진겸과는 전혀 달랐다. 그러나 그런 건 아무래도 좋다고, 누구든 서로를 위해 조금씩 맞춰주면 그만이라고 진겸은 진심으로 그렇게 생각했다. 그리고 연호와 있는 것이 즐거워서 때로는 자신의 감정을 주체할 수 없을 정도로 행복하다고 느낄수록 그것은 점점 더 당연하게 진겸의 몫이 되어갔다.

연호는 정말이지 모든 면에서 완벽하다시피 한 아이였다. 연호가 입학시험에서 손에 꼽을 만한 점수를 받았다는 것도, 반장이 된 것도, 체력장에서 만점을 받은 것도, 미술대회에서 상을 받은 것도 진겸은 마치 자기 일처럼 자랑스러웠다. 반에서, 아니 학년 전체에서 아마 연호를 모르는 아이는 아무도 없을 것이었다. 모두가 연호를 좋아했고 또 친해지고 싶어 했다. 그래도 언제나 연호의 옆에서 나란히 걷는 것은 오직 진겸뿐이었다. 그 사실이 가슴 벅차도록 기뻐서 진겸은 자꾸만 바보처럼 새어 나오는 웃음을 감추느라 종종 이가 얼얼할 만큼 힘주어 입을 다물어야 했다.

"뭐야, 쉬는 시간에도 공부야? 이러다가 너만 저 앞으로 옮기는 거 아니야? 나 두고 가면 가만 안 둘 거야."

어느샌가 비어 있는 앞자리에 앉아 진겸을 돌아보고 있던 연호가 장난스럽게 진겸의 손에 들린 펜을 빼앗아 등 뒤로 숨겨버렸다.

누가 할 소린데. 너랑 여기서 자리가 더 떨어져버리면 그땐 진짜로 울지도 몰라.

그렇게 말하고 싶은 것을 진겸은 힘을 주어 목구멍 뒤로 넘겨버렸다. 매일같이 연호와 한 번도 가보지 못한 곳을 돌아다니는 것은 무엇보다 즐거웠지만, 그렇다 해서 해야 할 공부와 숙제가 저절로 사라지지는 않았다. 연호는 어떻게 그 모든 것을 아무렇지 않게 해내는 것인지 매번 놀라울 정도였다. 신기한 무언가를 보듯 연호를 가만히 살펴보던 진겸도 결국엔 피식 웃음을 터뜨리며 보고 있던 책을 덮어 한쪽에 밀어두었다.

"뭐래. 그냥 숙제 미리 해놓는 거야. 이따 학교 끝나고 뭐 하지? 너 또 뭐 하고 싶은 거 있어?"

새벽 늦게까지 켜져 있는 스탠드 불빛 아래로 자꾸만 눈이 무겁게 감겨들어갔다. 무심결에 넘긴 머리카락이 귀를 스치고 지나가자 그 알싸한 고통에 잠이 다 깨버린 얼굴로 진겸은 눈썹을 찡그렸다. 연호를 따라 몰래 뚫은 자리가 피딱지를 매달고 벌겋게 달아오르더니 이제는 그 사이로 노란 진물을 내보였다. 잠결에 뒤척이다가, 세수를 하다가 무심코 한 번씩 건드릴 때면 부어오른 자리가 너무도 아파서 진겸은 그냥 그 조그만 골칫거리를 냅다 잡아 뜯어버리고 싶어질 정도였다. 하지만 연호와 똑같은 자리에 서로의 이니셜을 바꿔 단 피어싱을 볼 때마다 진겸은 자신이 연호를 얼마나 좋아하는지 그리고 연호가 얼마나 멋진 친구인지를 다시금 떠올릴 수밖에 없었다. 결국 진겸은 고통에 울상이 된 얼굴을 하고서 한참을 거울 앞에서 씨름하며 연고를 벌건 귓불 위에 듬뿍 올려놓을 뿐이었다.

아직 한참 풀어야 할 문제집을 옆으로 밀어두고 진겸은 잠시 엎드려서 더는 참을 수 없이 졸음이 쏟아지는 고개를 팔 사이에 파묻었다.

연호는 나처럼 언니도 없는데 어쩜 그렇게 어른 같을까.

진겸은 늘 연호의 그 한참 전에 이미 다 자란 어른 같은 성숙함과 여유로움이 부러웠다. 그게 뭐든 연호가 하자는 대로 따라 할 때면 때로는 너무 무모해 보이는 기분에 망설일 때도 있었지만, 언제나 연호와 함께하고 싶은 마음이 더 커서 번번이 그것을 이겨버렸다. 연호를 만나기 전까지는 진겸은 누구와 어디에 있어도 항상 채워지지 않는 외로움에 목말랐다. 그건 진겸을 무엇보다 사랑해주는 부모님도, 엄마보다 더 친해 무엇이든 털어놓을 수 있는 언니도 채워줄 수 없는 어떤 것이었다. 그리고 마침내 진겸의 앞에 선물처럼 연호가 나타난 것이었다.

진겸은 가끔 자신이 연호와 쌍둥이로 태어나서 진짜로 자매였다면 얼마나 좋았을까 하고 혼자서 상상해보고는 했다. 이제 연호는 진겸에게 가족만큼이나 소중한 존재가 되어버린 지 오래였다. 그래서 진겸은 그렇게 좋아하는 연호가 원하는 것이라면 그게 무엇이든 안 된다고 말할 마음이 들지 않았다. 아니, 그런 생각을 하는 것조차 어쩐지 해서는 안 될 나쁜 짓을 하는 기분이 들 정도였다. 연호가 속상해한다면 그건 곧 진겸이 그 애보다 몇 배는 더 슬퍼하게 된다는 것을 의미했으니까.

무음으로 돌려놓은 휴대전화가 빛을 번쩍거렸다. 급하게 그것을 집어 든 얼굴이 이내 어쩔 수 없는 실망감으로 조금 가라앉았다.

[오늘 못 볼 거 같아. 갑자기 일이 생겨서. 그냥 월요일에 학교에서 봐.]

메시지 옆에 매달린 숫자가 순식간에 사라진 네모난 창을 내려다보면서 진겸은 문득 연호가 벌써 몇 번째 일방적으로 약속을 깨버린 건지 수를 세고 있는 자신을 발견하고 당황스러웠다.

진짜로 급한 일이 있나 보지. 일부러 그런 것도 아니잖아.

그렇게 생각하면서도 진겸의 입꼬리가 어쩔 수 없이 축 늘어졌다. 늘 자신과 가족에 대한 것들을 그리고 그 밖의 많은 사소한 일을 시시콜콜 이야기하는 쪽은 진겸이었다. 연호는 무엇을 물어도 항상 은근슬쩍 화제를 돌리며 아무것도 말해주지 않았다. 그래도 진겸은 연호가 좋았다. 연호에게는 자신에게 없는 무언가가 있었고, 연호와 함께 있으면 사소한 고민 따위는 그걸 걱정한 게 우스워질 정도로 아무것도 아닌 것이 되어버리곤 했다. 진겸은 연호가 자신의 친구여서 너무나 행복했다. 그러니까 이런 어쩐지 불편하고 불쾌하기까지 한 이상한 감정은 그저 시간이 너무 늦어서, 잠이 지나치게 부족해서 오는 단순한 신경질에 불과한 것일 터였다. 진겸은 억지로 입꼬리를 끌어 올린 뒤 얼른 여러 이모티콘을 골라 차례로 창 위로 띄워 올렸다. 그러나 한참을 기다려도 연호의 숫자는 사라지지 않았다.

아마 피곤해서 먼저 자나 봐.

이미 한참 전에 모두가 잠들었을 시간을 내보이는 휴대전화를 내려다보면서 진겸은 억지로 그렇게 자신을 타일렀다. 그러나 밤이고 낮이고 언제든 자신이 원할 때면 메시지를 보내는 쪽은 연호고, 자신은 그런 연호를 한 번도 기다리게 한 적이 없다는 것 또한 진겸은 알고 있었다. 여전히 달라지지 않은 화면을 내려다보던 진겸은 신경질적으로 휴대전화를 엎어놓고 스탠드 전원을 껐다. 곧 어둠에 잠긴 방 안에서 길게 내쉬는 한숨만이 오래도록 남아 그 자리를 지켰다.

*

"무슨 좋은 일 있나 본데. 뭔데, 뭐야. 언니한테만 말해봐."

주말을 맞아 오랜만에 집에 온 언니가 다 안다는 얼굴로 진겸의 볼을 아프지 않게 쥐고 이리저리 흔들었다. 그 앞에서 어쩐지 잔뜩 쑥스러워져서 한참을 내뺀 뒤에야 결국 진겸은 언니에게 좋아하는 남자애가 생겼다고 털어놓았다.

반에서 성적이 좋은 몇몇 아이들을 따로 뽑아 만든 특별반에서 진겸은 수호를 처음 보았다. 지난번에 봤던 모의고사 성적이 생각보다 많이 오르면서 몇 줄 앞으로 당겨진 자리 덕분이었다. 성적순으로 안쪽 자리부터 채워지는 시스템이 조금은 야만적이기까지 하다고 생각하면서도 정작 자신이 특별반이면 누구든 부러워하는 첫째 줄 근처까지 가게 되자 진겸도 내심 기분이 좋아지는 것은 어쩔 수 없었다. 신이 난 얼굴로 사물함을 옮기던 그때 옆자리에서 조그만 목소리로 인사를 건네던 아이가 수호였다. 그리고 진겸은 금세 그런 수호가 좋아지기 시작했다.

연호와는 어째서인지 비슷한 점이 하나도 없어 매번 진겸이 하기 싫은 것도 조금씩 포기하며 맞추어야 했던 것과 달리 수호와는 대번에 서로 닮은 부분이 많다는 것을 알아차렸다. 좋아하는 작가의 신작을 수호가 생일 선물이라며 주었을 때 진겸은 페이지가 끝을 향해 넘어가는 것이 아까워 매일 조금씩 아껴 읽었을 정도였다. 모르긴 해도 수호 역시 자신을 싫어하지는 않을 거라 생각하자 진겸은 다시 얼굴이 빨개졌다.

수호가 자신과 같은 대학을 목표로 하고 있다는 것을 알았을 때 진겸은 어찌나 기뻤는지 그만 그 자리에서 소리를 내지를 뻔했다. 이제 진겸에게는 언니에게도 말할 수 없는 한 가지 비밀스러운 소원이 생겨버렸다. 그건 바로 수호와 같은 대학에 가서 정식으로 자신의 마음을 고백하는 것이었다. 그러기 위해서는 지금 얻은 이 자리를 온몸으로 붙들고 있어야 했다.

진겸은 매일 밤을 새울 정도로 더 열심히 공부하기 시작했다. 아침에 일어나면 베개 위로 잠결에 흘린 코피가 거무죽죽하게 굳어 있었지만 그때마다 오히려 그것이 훈장같이 여겨져 뿌듯하기까지 했다. 학교에 가게 얼른 아침이 밝아오기를. 비록 둘 사이가 칸막이로 가로막혀 있지만 바로 옆에서 수호의 존재를 느끼며 공부하는 그 시간을 이제 진겸은 그 무엇보다 간절히 기다리게 되었다.

진겸의 고등학교 생활은 그렇게 늘 꿈꿔왔던 그대로 전부 이뤄진 것만 같았다. 좋아하는 남자애도, 원하는 성적도 조금만 손을 뻗으면 금방이라도 닿을 것처럼 어느새 성큼 가까이 다가와 있었다. 자신만 열심히 한다면 내일도 모레도 이렇게 행복한 나날만 이어질 게 분명했다. 진겸은 벅차오르는 감정에 발갛게 물든 얼굴을 들키기 싫어서 얼른 고개를 파묻었다.

"연호인가 하는 그 네 친구는 아직도 잘 지내? 예전엔 하도 네가 그 친구 얘기만 해서 살짝 서운할 뻔했는데. 어째 오늘은 조용하네?"

언니의 물음에 방방 뛰는 아이처럼 한껏 들떴던 기분이 조금 어색하게 가라앉았다. 진겸은 어제 처음으로 연호와 거의 싸울 뻔했다. 아니, 솔직히 말하면 진겸이 그동안 혼자 참았던 것을 폭발하듯 쏟아낸 쪽에 가까웠지만.

뭐가 그렇게 불만이었는지 갑자기 기분이 나빠진 연호를 한참 달래고 애원하다시피 해 간신히 함께 스티커 사진을 찍고 나오는 길이었다. 내내 하기 싫은 티를 잔뜩 내더니 가게를 나와서도 연신 비아냥거리듯 얼굴 가득 불만을 드러낸 연호에게 진겸은 몇 번이나 자신의 말을 들어주어서 고맙다며 진이 빠지도록 기분을 맞춰주었다. 그러다 별안간 문득 연호가 해도 해도 너무한다는 생각이 들었다. 여태껏 함께 다닐 때마다 모든 것을 맞춰준 건 진겸이었다. 친구라면서 연호는 왜 늘 진겸이 이해하기만을 바라는 건지. 처음으로 진겸은 연호에게 물어보고 싶었다.

조심스러웠던 목소리가 점점 떨리며 진겸은 그간 자신이 속상했던 일들을 그 앞에서 모두 쏟아내버렸다. 어느새 차갑게 얼어붙은 눈으로 자신을 말없이 바라보는 연호의 얼굴이 마음에 걸렸지만 그래도 진겸은 그 정도는 말할 수 있다고 생각했다. 진짜로 연호가 내 친구라면. 자신이 그러는 것처럼 연호도 진겸을 소중하게 생각한다면 무언가 깨닫는 게 있을 거라고. 말을 다 듣고 난 연호는 잠시 무언가를 생각하는 것처럼 보였다. 그러다가 다시 평소처럼 돌아와 진겸을 향해 활짝 웃어 보이는 얼굴에는 변함없이 보조개가 깊게 걸려 있었다.

"왜 이제야 말했어. 난 네가 그동안 나를 어떻게 생각하는지 하나도 몰랐잖아."

그건 사과도 무엇도 아닌 애매한 것이었지만, 그 정도로도 진겸은 만족했다. 집에 돌아와 생각해보니 자신이 지나치게 감정적이었던 것 같기도 해서 어쩐지 조금은 미안한 마음이 들기까지 했다.

그래도 우리 사이는 여전히 변하지 않을 거야. 그런 게 진짜 친구니까.

생각이 난 김에 진겸은 연호에게 여느 때처럼 길고 긴 메시지를 정성껏 적어 보냈다. 자기도 모르게 화를 낸 것도 미안하고, 지금은 언니가 집에 와서 너무 행복하다고도 적었다. 그러나 그 위로 읽어주기만을 기다리고 있는 다른 글자들과 마찬가지로 진겸이 보낸 메시지 옆에 달린 숫자는 오래도록 사라지지 않고 남아 있었다. 한참 들여다보던 휴대전화를 내려놓고서 진겸은 대신 일기장을 집어 들었다. 그리고 그 위에 그들이 같이 찍은 스티커 사진을 조심스럽게 붙였다. 이미 절반이 넘게 빽빽이 채워진 일기장을 그대로 덮으려다 말고 진겸은 깜빡 잊었다는 듯 서둘러 다시 다른 페이지보다 조금 더 두툼해진 그 자리로 돌아가 무언가를 적어 넣었다.

진겸이랑 연호랑. 우리 우정 영원히.

그제야 만족한 얼굴로 일기장을 제자리에 꽂아두고서 진겸은 이미 코를 골며 잠들어 있는 언니의 품을 있는 힘껏 파고들었다. 떨어져 있어도 늘 익숙한 언니의 냄새가 금세 진겸에게로 옮겨붙으며 부드럽게 풀어진 얼굴 위로 저절로 미소가 떠올랐다.

*

아무리 생각해도 분명 무언가 잘못되었다. 공기 중을 팽팽하게 잡아당기는 미묘한 신경전을 진겸은 온몸으로 고스란히 느꼈다. 조를 짜서 연습하는 체육 시간이었다. 그러나 저마다

짝을 지어 깔깔거리는 아이들 속에서 진겸만이 혼자였다. 이
상하게 갑자기 아무도 진겸과는 그 어떤 것도 같이하려고 하
지 않았다. 결국 선생님이 시켜서 억지로 짝이 된 반장은 한동
안 진겸 쪽으로는 고개도 돌리지 않다가 갑자기 배가 아프다
며 양호실로 달려가버렸다. 요 며칠간 이어지는 기분 나쁜 일
의 연속이었다. 그리고 그 시작이 연호와 말다툼을 벌이고 난
다음부터라는 것을 진겸도 이제 막 깨달은 참이었다.

   그 일이 있고 나서 다시 학교에서 마주칠 때까지 연호에게
보낸 메시지들은 누가 읽어주기만을 기다리며 기다란 창 위에
잠든 듯 멈춰 있었다. 혹시라도 사이가 서먹해지면 자신이 먼
저 사과해야겠다고 생각하며 평소처럼 밝게 인사를 건네던 진
겸을 연호는 마치 아무것도 보이지 않는다는 듯 그대로 지나
쳐 걸어갔다. 그리고 그 뒤로도 연호는 계속해서 진겸이 어디
에도 없는 사람처럼 굴었다. 그런 연호의 태도는 처음에는 순
전히 당황스럽다가 나중에는 점점 화가 치밀어 오르게 만드
는 것이었다. 며칠이 지나자 진겸도 더는 연호의 화를 풀려고
안달복달하는 걸 그만두었다. 아무 말도 없이 사람을 무시하
는 것은 어떻게 생각해봐도 나쁜 것이었다. 갑자기 그렇게 이
상하게 변하기 전에 연호는 최소한 진겸에게 왜 화가 난 건지
는 말해줄 수도 있었을 터였다. 그리고 따지고 보면 화를 낼 사
람은 연호가 아니라 자신이라는 생각이 자꾸만 진겸의 머릿속

에 달라붙어 떨어지지 않았다. 늘 진겸이 먼저 사과하고 기분을 맞춰주다 보니 연호는 이제 그런 당연한 것까지도 헷갈리게 된 모양이었다. 진겸은 연호가 스스로 화를 풀 때까지 이번에는 절대 먼저 말을 걸지 않겠다고 다짐했다. 연호가 아니어도 자신의 곁에는 얼마든지 다른 좋은 친구들도 많이 있었으니까.

그러나 진겸이 그동안 무언가를 단단히 잘못 생각했던 모양이었다. 특별히 모난 부분 없이 두루두루 잘 지내왔다고 생각했던 반 아이들까지 언젠가부터 은근슬쩍 진겸을 피하기 시작했다. 또다시 며칠이 지나고 나자 이제 아무도 진겸에게 말을 걸지 않았다. 진겸은 철저하게 혼자가 되어버렸다.

난데없이 펼쳐진 지옥 같은 나날 속에서 수호만이 여전히 진겸이 유일하게 의지할 수 있는 친구이자 버팀목이었다. 진겸은 점점 교실에 남아 있는 것이 힘겨워서 할 수만 있으면 늘 특별반의 세 뼘 남짓한 책상으로 숨어들었다. 아무리 봐도 눈에 들어오지 않는 문제를 몇 번이고 처음으로 되돌아가 읽어 내려가는 옆으로 그런 진겸을 안심시키듯 수호의 샤프 소리가 사각거릴 때면 진겸은 울음을 참느라 손톱으로 손바닥을 가만히 누르고는 했다.

그러나 여느 때처럼 점심시간에 혼자 식당으로 가는 대신 평소와 달리 자물쇠가 열려 있던 특별반 문을 열고 들어갔을 때, 진겸이 본 것은 수호의 무릎 위에 자연스럽게 앉아 있는 연호의 모습이었다. 물감으로 잔뜩 덧칠해놓은 듯 온통 새빨개진 귀를 하고서 수호는 그 어느 때보다 유난히 짙게 보조개가 파인 연호의 얼굴에서 눈을 떼지 못하고 있었다. 어쩔 줄 모르고 그대로 얼어붙은 진겸을 향해 동그란 연갈색 머리통이 천천히 돌아섰다. 보란 듯이 활짝 벌어진 연호의 입술이 마치 이 모습을 진겸에게 보여주려고 기다리고 있었던 것처럼 거리낄 것 없는 환한 웃음소리를 뱉어냈다. 그것을 본 순간 진겸은 어떻게 나왔는지도 모르게 정신없이 복도를 지나쳐 화장실로 뛰어 들어갔다. 그새 다른 반까지 소문이 나버린 것인지 모여 있던 아이들 몇몇이 대번에 목소리를 낮춰 수군거리며 허겁지겁 칸 안으로 들어가는 진겸을 돌아보았다. 그러나 진겸은 지금 그런 것 따위는 조금이라도 생각할 정신도 마음도 남아 있지 않았다.

그 언젠가 한참을 주저한 끝에 수호를 좋아하게 되었다고 쑥스럽게 털어놓은 진겸에게 그럴 줄 알았다며, 둘이 너무 잘 어울린다고 응원까지 해주었던 연호였다. 쓰디쓴 침만 몇 번이고 뱉어내면서 진겸은 결국 참지 못하고 조금 울었다. 그리고 운 얼굴을 들키고 싶지 않아서 그대로 교실로 올라가 가방을 챙겨 집으로 돌아와버렸다.

아무도 없는 집에서 이불을 뒤집어쓴 채로 진겸은 지쳐서 까무룩 쓰려져 잠이 들 때까지 서럽게 울었다. 밤늦게 야근하고 돌아온 엄마는 진겸이 그저 일찍 잠들었다고만 생각한 모양이었다. 아무것도 보이지 않는 깜깜한 천장을 올려다보며 진겸은 연호를 생각했다. 그 애가 왜 자신에게 그런 짓을 했는지도.

머리맡에 올려놓은 휴대전화 불빛이 반짝였다. 연호가 보낸 메시지가 와 있었다.

[아파서 조퇴했다며. 왜 말 안 했어. 그랬음 약이라도 사다 줬을 텐데. 내일은 나오는 거지? 내일 우리 실기 수행평가잖아. 내가 너랑 짝한다고 반장이랑 바꿨어. 미리 연습 한번 해보게 일찍 나와. 집 앞에서 기다리고 있을게.]

그 아래로 등 뒤에서 하트를 쏘아 올리는 귀여운 동물이 진겸을 향해 쉴 새 없이 한쪽 눈을 찡긋거렸다. 또다시 돌변한 연호의 태도에 갑자기 속이 울렁거려서 진겸은 급하게 입을 틀어막고 침대에서 일어났다. 그러나 채 문고리로 손을 뻗기도 전에 방 한가운데 멈춰 서서 그대로 조금 토하고 말았다.

"……그게 좋겠다. 그치, 진겸아."

귓속을 먹먹하게 짓눌렀던 무언가가 사라지고 눈앞에서 자신을 바라보고 있는 예쁘장한 얼굴이 또렷해지자 다시 숨이 턱 막혀오는 기분이었다. 그러나 진겸은 제멋대로 굳어 떨리는 얼굴을 들키지 않으려 안간힘을 쓰면서 가만히 고개를 끄덕였다. 만족스러운 얼굴로 진겸의 손등을 두드린 연호가 곧 옆에 있는 다른 아이들에게로 몸을 돌려 무언가를 말하기 시작했다. 재미있는 얘기를 하는 듯 이내 그 사이로 서로 다른 웃음들이 연달아 터져 나왔다. 또다시 아무 소리도 들리지 않는 진공상태로 빠져들면서 진겸은 아무렇지도 않게 웃고 있는 얼굴들을 차례로 올려다보았다.

연호는 게임처럼 이 모든 것을 즐기고 있었다. 버튼을 조작하는 것은 언제나 그랬듯 연호였다. 그리고 연호의 손가락이 내려앉는 곳을 따라 수많은 얼굴이 왼쪽에서 오른쪽으로 방향을 바꾸어 무리 지어 움직였다. 그들의 목표는 딱 하나, 바로 진겸이었다. 연호의 기분에 따라 그들은 진겸을 대놓고 무시하고 괴롭히다가도 마치 없어서는 안 될 소중한 친구처럼 귓가에 대고 달콤하고 친절한 목소리를 속삭이기도 했다.

이제 진겸의 하루하루는 마치 한 번이라도 발을 잘못 내디렸다가는 대번에 박살이 나 차가운 물 아래로 휩쓸려버릴 살얼음 위를 아무런 준비도 없이 걷고 있는 것만 같았다. 아무리 생각해봐도 진겸은 자신의 생활이 이렇게 변해버린 이유가 무엇인지 알 수 없었다. 그러나 단 한 가지 분명하게 확신할 수 있는 것은 연호는 결코 진겸을 이 지긋지긋한 게임으로부터 쉽게 놓아주지 않으리라는 것이었다.

진겸은 더는 편히 잠을 잘 수도, 먹을 수도, 아무것도 제대로 할 수가 없게 되었다. 특별반에서는 성적이 단숨에 몇십 등이나 떨어지는 바람에 있는 줄도 몰랐던 저 뒤편 어딘가로 자리가 끝없이 밀려나가기만 했다. 이제 같은 특별반 안에 있어도 일부러 찾지 않는 이상 더는 수호의 얼굴을 보기도 어려워졌다. 연호와 사귀게 된 이후에도 수호는 진겸을 조금도 다르지 않게 대해주었지만 이젠 진겸이 그 얼굴을 제대로 쳐다볼 수가 없었다. 조명조차 제대로 들지 않는 구석 자리로 짐을 옮겨가면서 진겸은 차라리 다행이라는 생각마저 들었다. 그러나 바람이 늘 신경질적으로 들이닥치는 문 바로 앞까지 밀려났다가 결국에는 그곳 어디에도 자리가 남지 않게 되었을 때에도 언제나처럼 가장 안쪽의 좋은 자리에 앉아 진겸을 향해 웃어 보이는 연호만큼은 참기가 어려웠다.

진겸이라고 하루에도 몇 번씩 종잡을 수 없이 얼굴을 바꾸는 연호에게서 벗어나려고 해보지 않은 것은 아니었다. 열심히 필기해놓은 공책이 엉망으로 찢겨 화장실 변기통 안에서 흐물거리는 채로 발견되고, 반 아이 누군가가 걷어간 수행평가지 중에서 오직 진겸의 것만이 감쪽같이 사라져 0점을 받게 되었을 때도 진겸은 표정을 감춘 얼굴로 가만히 자리로 돌아와 아무 일도 없었던 것처럼 앉아 있었다. 그러나 연호의 사탕발림이 다시 시작되었을 때 진겸은 처음으로 윤이 나는 머리카락과 그것과 색이 같은 그 애의 눈동자를 똑바로 쳐다보면서 더는 연호의 말대로 하지 않겠다고 이를 악다물었다.

"아니, 괜찮아. 지금은 별로 그러고 싶지 않아서."

그렇게 말하자마자 교실 안의 모두가 암묵적으로 만들어낸 잠깐의 정적 속에 완벽히 갇혀버린 듯했다. 반 아이들 모두 연호의 눈치를 살피며 누구 하나 선뜻 입을 열지 못했다. 그 언젠가처럼 무언가를 생각하듯 연호의 눈이 길게 가늘어졌다. 감히 연호의 신경을 거스른 죄로 이번엔 또 무엇이 날아올지 몰라 진겸은 온몸이 긴장되어 조금도 움직일 수 없을 만큼 딱딱하게 굳어버렸다. 그러나 연호는 아무것도 하지 않았다. 그저 보조개가 깊게 파이도록 입꼬리를 끌어 올리며 알았다고 대답했을 뿐이었다.

그걸로 끝이라고 생각했다. 앞으로도 자신만 그 같잖은 놀음에 휘둘리지 않는다면 연호도 결국에는 흥미를 잃고 자신에게서 관심을 돌려버릴 거라고 진겸은 그때까지도 굳게 믿고 있었다. 그러나 그건 진겸만의 순진한 생각일 뿐이었다.

난데없이 아이들 앞에서 현금이 가득 든 명품 지갑을 자랑하던 연호가 몇 교시가 끝난 뒤에 갑자기 울음을 터뜨리며 그것을 도둑맞았다고 말한 순간, 진겸은 연호가 모두의 앞에서 그 애의 말을 우스운 무언가로 보이게 만들었던 자신을 결코 용서하지 않으리라는 것을 깨달았다. 진겸이 예상했던 것처럼 연호의 지갑은 진겸의 가방 안쪽 깊숙한 곳에 마치 누군가 일부러 찾아내기를 기다리고 있었다는 듯이 숨겨져 있었다. 정작 아무 말도 없이 재미있다는 얼굴을 하고 선 연호 대신 반 아이들이 곧장 더 난리를 피우며 진겸을 몰아세웠다. 그간 연호가 진겸에게 얼마나 잘해주었는데 염치도 없는 도둑년이라느니, 이럴 게 아니라 당장에 경찰에 신고를 해야 한다느니 누가 더 목소리를 크게 내나 대결이라도 하듯 소리를 내지르는 아이들은 연호를 위해서라면 그게 무엇이든 못 할 게 없는 것처럼 보였다. 칼날처럼 매섭게 쏟아지는 그 목소리 속에서 연호가 소리 없이 내뱉는 물음이 무엇보다 크고 선명하게 들려왔다.

이제 어떻게 할래?

진겸은 한참 연호를 올려다보기만 했다. 어떻게 해도 자신은 연호가 만들어놓은 판을 벗어날 수 없을 것이라는 절망이 온몸을 옥죄어와 숨이 자꾸만 가빠왔다. 그런 진겸을 보고 씩 웃던 연호가 다시 얼굴을 바꿔 짐짓 걱정하는 체 아이들을 말려댔다.

"얘들아, 그만해. 아직 정확히 밝혀진 것도 아니잖아. 진겸이가 아닐 수도 있어. 일단은 뭐라고 하는지 진겸이 얘기부터 들어보자. 진겸아, 나한테 뭐 할 말 없어?"

"그게……."

거칠게 갈라져 군데군데 말라붙은 피딱지를 매단 입술이 힘겹게 떨어졌다. 그때 교실 문이 벌컥 열리더니 막 들어선 과목 담당 선생이 한 덩어리로 뭉쳐 선 아이들을 향해 매섭게 눈을 부라렸다.

"야, 니들은 한참 전에 종 쳤는데 뭐 한다고 거기 모여서 떠들고 있어? 얼른 자리로 안 돌아가?"

아이들이 뿔뿔이 흩어진 뒤에도 마지막까지 남아 있던 연호가 잘 생각하라는 듯 일부러 눈웃음을 지어 보이며 천천히 제자리로 돌아갔다. 참았던 숨을 급하게 들이마시자마자 괴로운 기침이 터져 나올 것만 같아서 진겸은 얼른 입술을 깨물었다. 간신히 상처가 아문 자리가 다시금 터지며 비릿한 피 맛이 그 위를 맴돌았다.

[예전에 우리 자주 갔던 쇼핑몰에 새로 뭐 생겼대. 오늘 거기 가서 구경하고 맛있는 것도 먹자. 수호도 같이, 셋이서. 완

전 재밌겠지.]

　손이 얼얼해질 만큼 내내 쥐고 있던 휴대전화가 서랍 속에서 불빛을 깜빡거리는 것이 느껴졌다. 한참 그것을 내려다보던 진겸이 마침내 결심한 듯 무언가를 그 아래로 적어놓고는 다시 휴대전화를 서랍 깊숙이 밀어 넣었다. 순식간에 배 속이 싸해지며 또다시 욕지기가 밀려올 것처럼 목구멍이 잔뜩 쓰라려서 진겸은 있는 힘을 다해 그것을 마른침과 함께 넘겨버렸다. 실내화 뒤축에 끈덕지게 달라붙은 이름 모를 감정이 제멋대로 떨리는 다리 아래서 자꾸만 듣기 싫은 불쾌한 소리를 흘려댔다.

　돌아온 종례 시간에 그사이 누군가 말한 것인지 담임이 잔뜩 인상을 쓰며 지갑에 대해 캐물었을 때 연호의 대답은 진겸의 선택이 만족스러웠음을 확인시켜주었다.

　"아, 그거요? 아무것도 아니에요. 제가 잠깐 착각했어요."

　체육 시간에 교실에 남은 진겸에게 지갑을 맡겨놓았던 것을 그만 깜빡했다며 연호는 담임을 향해 언제나처럼 한 치의 거짓도 없는 정갈한 미소를 지어 보였다. 그러면서 자신의 허락도 없이 제멋대로 나불거렸을 것이 분명한 누군가를 가만히 내려다보는 것도 잊지 않았다. 쓸데없이 신경 쓸 일이 하나 줄었다는 것에만 관심이 있어 보이는 담임과 언제나 그랬듯 연호의 말이라면 생각도 하지 않고 고개부터 끄덕이는 아이들 덕분에 진겸이 감당해야 할 하루 치의 괴롭힘은 그쯤에서 끝이 난 듯했다. 그날 연호는 수호와 진겸까지 셋이 나란히 색을 맞춘 명품 티셔츠를 선물해주었다. 집으로 돌아온 뒤에 진겸은 그것을 포장도 뜯지 않은 채로 옷장 안에 처박듯 던져놓고 다시는 꺼내 보지 않았다.

아침이건 새벽이건 학교를 나가지 않는 주말이건 이제 진겸은 연호가 부르면 그게 언제든 대답하고 또 어디로든 주저 없이 달려가야 했다. 세상 어느 곳에도 진겸이 숨을 수 있는 곳은 남아 있지 않은 것처럼 보였다. 집도, 학원도, 진겸이 가장 좋아하는 장소도. 연호는 진겸에 대해 모든 것을 알고 있었다. 그러나 정작 진겸은 연호에 대해 아무것도 아는 것이 없었다.

학년이 바뀌기만 하면 다 끝날 거라고, 그때까지만 참으면 된다고 진겸은 하루가 끝날 때마다 그렇게 스스로를 향해 말을 걸었지만, 그 간절한 바람과는 달리 현실을 버텨내는 것은 어쩐지 점점 더 힘에 부치기만 했다. 자신이 어떻게 하든 영영 연호를 벗어날 수 없을 것이라는 생각에 진겸은 너무나 두려웠다. 누군가 나타나 이런 자신을 구해주기를. 그래서 이제 자신은 연호도 아이들도 없었던 그 언젠가로 돌아가 더는 괴롭지 않게 되기를 진겸은 매일같이 소망했다. 그리고 그 바람은 늘 그랬듯이 이루어질 아주 작은 기미조차 보이지 않고 그저 그 가냘픈 몸집만을 헛되이 불려나갔다.

벗어날 수 없는 감옥처럼 변해버린 교실이 있는 건물 앞까지 막 계단을 올라온 진겸이 별안간 몸을 돌려 빠르게 왔던 길을 내려가기 시작했다. 누군가에게 쫓기기라도 하듯 조급하게 이어지던 발걸음이 어느새 달음박질로 변해 진겸은 숨이 차도록 있는 힘껏 달려 학교를 벗어났다. 그러고는 곧장 터미널로 가는 버스에 올라탔다.

충동적으로 언니가 일하는 회사가 있는 지역까지 가기는 했지만, 막상 그 근처까지 다다르고 나자 진겸은 조금 망설였다. 난데없이 나타난 자신을 보고 언니는 분명 무슨 일이 있는 거라고 걱정할 터였다. 그러나 누구에게든 위로받고 싶다는 마음이 결국엔 걱정을 이기고 반쯤 돌아선 진겸의 몸을 다시 어딘가로 이끌었다.

언니의 목소리를 듣자마자 쏟아지는 울음을 간신히 참으면서 진겸은 자신을 흘긋거리며 지나치는 사람들이 바쁘게 오가는 입구에서 한참을 더 불안하게 서성거렸다. 마침내 기운 없이 한껏 말려 들어간 작은 등을 발견한 익숙한 얼굴이 마치 무언가를 예감한 사람처럼 순식간에 무겁게 가라앉았지만, 그 시선을 알아차린 진겸이 고개를 들어 올렸을 때는 언니는 이미 환한 웃음 뒤에 모든 것을 철저하게 감춰버린 뒤였다.

"괜찮아, 괜찮아. 학생이 뭐 하루쯤 학교 안 갈 수도 있지. 선생님한테는 잘 말해놨으니까 걱정하지 마. 이왕 왔으니까 재밌게 놀다 보내야 언니가 엄마한테 좀 덜 혼날 텐데. 그러지 말고 우리 일단 맛있는 거부터 먹으러 갈까? 먹고 싶은 거 있음 말만 해. 언니가 다 사줄게."

일부러 한껏 너스레를 떠는 언니의 눈이 못 본 사이 움푹 파여 퀭하게 말라붙은 진겸의 볼 위로 내려앉으며 잠시 불안하게 흔들렸다. 무언가 할 말이 있는 듯 벌어지는 입술을 말리듯이 대뜸 언니를 힘주어 끌어안으면서 진겸은 잠시 이대로 세상이 멈춰버리면 좋겠다고 생각했다.

이따금 가만히 진겸의 얼굴을 살피며 말이 없어지는 언니를 볼 때마다 진겸은 언니가 모든 것을 알아주었으면 싶다가도 또 그러지 않기를 바라는 마음을 깨닫고는 혼란스러웠다. 버스가 떠날 때까지 그 앞에서 손을 흔들어주던 언니를 내려다보며 진겸은 어쩐지 이것이 언니를 보는 마지막일지도 모른다는 이상한 기분이 들었다.

집에 돌아왔을 때 진겸은 현관에 어지럽게 흩어진 신발들을 보고 잠시 머뭇거렸다. 엄마와 헤어지고 나서는 한 번도 얼굴을 보지 못했던 아빠가 한껏 그늘진 얼굴을 하고 소파에 앉아 있었다.

"그렇게 언니가 보고 싶었으면 가족끼리 다 같이 가자고 말을 하지 그랬어. 너 혼자 거기가 어디라고 위험하게 가, 가긴. 아무튼 별일 없었으니까 됐어. 피곤할 텐데 얼른 들어가서 쉬어."

눈에 띄게 안도한 아빠가 몇 번이고 마른세수를 하며 얼굴을 쓸어내렸다. 그러나 진겸은 오랜만에 서로를 마주한 엄마와 아빠가 그날 밤이 깊도록 서로를 향해 악을 쓰고 상대를 탓하는 쓰디쓴 말들을 뱉어냈다는 것 또한 알고 있었다. 손이 아프도록 귀를 틀어막고 쉬지 않고 벽을 울려대는 엄마 아빠의 가시 돋친 목소리를 밀어내는 동안, 소리 없이 흘러내린 눈물이 뺨 위를 아프게 잡아 뜯었다. 손을 들어 그것을 닦아낼 힘조차도 이제 진겸에게는 남아 있지 않았다.

그 밤부터 이어진 며칠 동안 진겸은 평생 그렇게 아파본 적이 없을 정도로 지독한 무언가를 앓으며 괴로워했다. 약기운에 취해 깼다가 잠들기를 반복하면서 진겸이 생각한 것은 다시는 누구에게도 기대지 않으리라는 것이었다. 자신 때문에 가족이 힘들어하는 것을 보느니 차라리 지금까지처럼 모든 것을 진겸 혼자 견뎌내는 편이 훨씬 더 나았다.

밤사이 흘러내린 땀이 끈적하게 말라붙은 몸이 더는 고칠 수도 없이 고장 나버린 것처럼 떨리던 것을 겨우 멈추었다. 누군가 온몸을 사정없이 때리는 것만 같던 통증도 사라지고 나자 진겸은 마침내 찾아낸 완전한 고요 속에 가만히 떠 있는 기분이었다. 그것이 제법 싫지 않아서 이미 한참 전에 잠에서 깨어났지만 진겸은 그대로 가만히 눈을 감고 누워 방금까지 꿈으로 꾸었던 언젠가의 기억을 다시금 떠올려보려고 애썼다.

얼마나 좋아했던지 수십 번은 더 돌려 보았던 드라마의 배경이기도 한 작은 바닷가 마을에 도착하자마자 진겸은 단번에 그곳에 마음을 빼앗겨버렸다. 어디를 둘러보아도 온통 빽빽하게 들어찬 검은 머리통뿐이라며 투덜대던 아빠의 입가에도 결국엔 보일 듯 말 듯 미소가 피어올랐다. 유난히 밝고 따사로웠던 햇살 아래서 활짝 웃은 진겸이 저만치 앞서가는 가족을 향해 무어라 소리를 높여댔다. 그 기억이 너무나 생생해서 손바닥 가득 움켜쥔 모래알이 스르르 빠져나가듯 좋았던 기분이 시시각각 머릿속 저편 어딘가로 옅어져버리는 것이 아쉬울 정도였다. 어느새 이제는 그 흔적조차 남지 않게 된 느낌을 마지막으로 되새기면서 진겸은 자신도 모르게 작게 웃음소리를 내뱉었다.

"그렇게 웃는 건 또 오랜만에 보네. 앞으로는 나랑 있을 때도 좀 그렇게 웃어. 알겠지?"

세상 어디에 있어도 절대 잊을 수 없을 목소리를 자기 방에서 듣게 된 순간, 진겸은 끝없는 땅속 어딘가로 심장이 덜컥 떨어져 내리는 것만 같아 눈을 번쩍 떴다. 그리고 불길한 예감은 늘 빗나가는 법 없이 고스란히 현실이 되어 진겸을 기다리고 있었다.

눈앞에 있는 연호를 보자마자 진겸은 단숨에 머리 위로 쏟아부어진 불쾌한 한기에 어지러울 정도로 몸을 떨었다. 그때 간단한 먹을거리가 담긴 쟁반을 들고 엄마가 나타나지 않았더라면 아마 진겸은 연호의 모습이 보이지 않게 될 때까지 언제까지고 처절한 비명을 질러댔을지도 몰랐다. 가까스로 숨을 몰아쉬면서 진겸은 다른 사람들 앞에서는 늘 그렇듯이 예의바르고 모범적인 얼굴로 바꿔 낀 연호의 옆모습을 멍하니 지켜보았다. 그런 연호가 대번에 마음에 들었는지 언제든지 또 놀러 오라는 말을 남기고서 엄마가 등 뒤로 방문을 조심스레 닫아주었다.

"생각보다 엄마가 너무 젊고 예쁘시다. 회사에서도 엄청 인기 많으시겠는데."

흥미를 잡아끄는 새로운 먹잇감을 발견한 것처럼 연호는 엄마의 모습이 완전히 사라질 때까지 눈을 떼지 않았다. 진겸은 혹시라도 연호가 엄마에게까지 무슨 짓을 할까 봐 두려움에 거의 미칠 지경이 되었다. 아무리 연호라도 그런 짓은 할 수 없을 거라며 억지로 마음을 가라앉히고 나자 자신의 생각이 조금 지나쳤던 것 같기도 했다. 하지만 진겸은 연호가 마음만 먹

는다면 그게 무엇이든 어떻게든 자신이 원하는 대로 하고야
말 것이라는 사실 또한 누구보다 잘 알고 있었다.

"여, 여긴 왜…… 왔어?"

불안하게 자신을 훑어보는 진겸의 모습이 싫지 않다는 듯
연호는 오만하리만치 자신만만한 미소를 지으며 팔짱을 걸어
졌다.

"왜긴. 진겸이 네가 아파서 학교에 못 나오는 동안에 반 배
정이 새로 났잖아. 그래서 그거 알려주려고 왔지. **우리 둘이 또
같은 반이야. 왠지 내년엔 재미있는 일이 더 많을 거 같지 않
아? 아, 벌써 완전 기대된다. 그치, 진겸아.**"

그렇게 말하는 연호의 눈이 잔인할 정도로 반짝거렸다. 진
겸은 자신도 모르게 뺨 위로 눈물이 흘러내리고 있는 것을 깨
달았지만 어쩐지 손을 흔들어 그것을 닦아낼 수도, 고개를 돌
려버릴 수도 없었다. 남의 것처럼 조금도 힘이 들어가지 않는
몸이 진겸을 자꾸만 밀어내고 있는 것도 같았다. 그런 진겸을
만족스러운 얼굴로 쳐다보면서 연호가 다시 아무렇지 않게 말
을 쏟아내기 시작했다. 이젠 이학년도 됐으니까 진겸이는 공
부에 조금 더 신경을 써야겠다고. 앞으로도 같은 대학에 가서
누구나 부러워할 단짝으로 지내야 하는데 진겸의 성적 때문에
그들의 계획이 조금이라도 어그러지게 된다면 그땐 자신이 무
척이나 속상할 것이라고도.

"나한테…… 왜 그러는 거야. 내가 뭘…… 잘못했어……?"

쉬지 않고 쏟아지는 눈물이 뿌옇게 앞을 가리며 그 너머에 앉아 있는 연호의 얼굴 역시 흐리게 뭉개져 내렸다. 괴롭게 숨을 몰아쉬는 진겸을 가만히 바라보던 연호가 그런 건 한 번도 생각해본 적 없다는 듯이 눈을 동그랗게 떴다.

"그냥. 재밌잖아."

있는 힘껏 감아 내린 눈꺼풀 아래로 위태롭게 매달려 있던 눈물방울이 무겁게 떨어져 내렸다. 아무것도 보이지 않는 어둠 속에서도 끈질기게 자신을 따라붙는 연호의 눈동자가 느껴졌다. 어디로도 도망칠 수 없었다. 그리고 그건 아마 앞으로도 마찬가지일 터였다.

연호가 돌아가고 난 뒤, 진겸은 밤새도록 한숨도 자지 못하고 내내 속에 든 것은 그게 무엇이든 곧바로 게워냈다. 덩달아 잠을 설친 엄마가 피곤이 잔뜩 눌어붙은 얼굴로 당장 병원에 가자고 차 키를 집어 들었다. 안절부절못하는 엄마의 것과는 달리 진겸의 얼굴은 창백하기는 했지만 그 어느 때보다 차분해 보였다. 진겸은 자신이 왜 이토록 아픈 것인지 그리고 이 모든 문제를 해결하기 위해서는 어떻게 해야 하는지를 이제는 어렴풋이 알 것도 같았다. 세면대 거울 속에 비친 얼굴이 소리 없이 울부짖는 것을 지켜보다가 진겸은 그것을 천천히 차가운 물과 함께 완전히 흘려보냈다.

어두운 방 안에 홀로 켜 있는 푸르스름한 모니터를 노려보는 진겸의 눈이 한참을 울었는지 벌겋게 물들어 있었다. 그 시선 끝에 닿은 것은 누군가의 블로그에 올라온 방파제 사진이었다. 가족과 놀러 갔던 마을에서 삼십 분 정도 떨어진 곳에 있는 또 다른 바다였다. 입도 대지 않은 햄버거를 가만히 내려놓고서 무언가 할 말을 참는 얼굴로 오래도록 자신을 건너다보던 언니의 어깨너머로 그날의 눈부시던 바다가 손짓하듯 잔잔하게 일렁였던 것을 진겸은 기억하고 있었다. 이제는 까마득한 옛날처럼도 느껴지는 그 기억의 조각들을 하나씩 집어 들고서 어느새 그곳으로 돌아가 선 진겸의 입가에 희미하게나마 옅은 미소가 번졌다.

그토록 원하던 고등학교에 합격한 기념으로 오랜만에 만난 아빠까지 가족이 모두 모였던 바닷가 마을을 떠올릴 때면 진겸은 여전히 마음 어딘가가 따뜻해지는 것을 느꼈다. 그때만큼은 엄마도 아빠도 누구 하나 날이 서지 않은 채로 작은 케이크 하나를 앞에 두고 모두 신이 나서 입김을 불어대던 그 순간을 진겸은 언제까지고 기억할 터였다. 바보 같게도 그때는 그렇게 행복한 순간이 앞으로도 계속될 것이라고만 생각했었다. 지금 자신이 이렇게 될 줄은 하나도 모르고.

거긴 절대로 안 돼.

진겸은 세차게 고개를 내저으며 그 기억을 소중하게 접어 아무도 찾아낼 수 없는 어딘가로 깊숙이 숨겨두었다. 대신 한참을 더 화면을 들여다본 끝에 누군가 올려놓은 사진 하나를 발견했던 것이었다. 그 밑으로 흐르는 물은 크게 다르지 않을 텐데도 사진 속 그곳은 어쩐지 전혀 다른 바다처럼 느껴졌다. 사진 밑에 덧붙여놓은 몇 줄의 말도 이상하게 진겸의 마음을 내내 어지럽혔다.

그곳에 가면 나도 예전의 나를 다시 찾을 수 있을까. 아니, 반드시 그래야만 했다.

진겸은 이미 결심을 마쳤다. 그곳에 가서 모든 것을 제 손으로 끝내버리고 말 것이었다.

계획을 세우고 처음 며칠 동안 진겸은 때때로 지난 몇 달 동안 가져본 적 없는 평온함마저 느꼈을 정도였다. 연호와의 연극은 마치 아무 일도 없다는 듯이 그대로 이어나갔다. 만약 그 애가 조금이라도 이상한 점을 알아차리기라도 한다면 모든 것이 시작도 해보기 전에 끝나버릴 터였다. 마지막만큼은 어떻게 해도 절대로 그 애의 뜻대로만큼은 되지 않는다는 것을 진겸은 이번에 반드시 보여줄 생각이었다.

연호는 하루아침에 어딘가 미묘하게 달라진 진겸을 진작에 눈치챘으면서도 그게 무엇인지까지는 아직은 찾아내지 못한 것처럼 보였다. 대신 그 분풀이를 하듯 교묘하게 심술을 부리는 일이 더 잦아졌지만 진겸은 더는 아픔도, 괴로움도, 아무것도 느끼지 못했다.

"나 수호랑 헤어졌어. 알고 나니까 별로 재미가 없더라고. 아무래도 걔는 너랑 더 잘 어울리는 거 같아. 진겸이 너도 그렇게 생각하지 않아?"

일부러 무심한 척 그렇게 말해놓고서 연호는 내심 진겸의 반응이 궁금하다는 듯 입술 끝을 실룩거렸다. 진겸은 대꾸하지 않았다. 그러나 아무것도 남지 않고 비어버린 수호의 프로필사진을 발견했을 때는 어쩔 수 없이 가슴이 조금은 아프게 울렁거렸다.

어떻게든 진겸이 자신에게 숨긴 것을 찾아내고야 말겠다고 생각했는지 연호는 방법을 바꾸어 요 며칠 이상할 정도로 유난히 더 자상하게 굴었다. 하마터면 진겸 자신도 둘 사이가 예전으로 돌아간 것은 아닐까 착각할 뻔했을 정도로. 사사건건 자신을 유심히 살펴보는 그 시선을 모르는 척하며 진겸은 착실하게 계획한 것들을 하나하나 해치워나갔다. 이미 한참 전에 더는 쓰지 않게 된 일기에 이제는 대신 매일 디데이를 지워나가면서 진겸이 생각한 것은 오직 하나였다.

*

　무작정 남쪽으로 내려가는 기차표를 샀다. 진겸이 갈 곳은 기차가 마지막으로 멈추어 서는 도시에서도 다시 버스를 타고 한 시간은 더 들어가야 나오는 곳이었다. 기차에서 내릴 때까지만 해도 괜찮았던 하늘은 버스가 길을 달리기 시작하자마자 기다렸다는 듯이 굵은 빗방울을 쏟아부었다. 차라리 잘된 일일지도 몰랐다. 이런 날씨라면 괜히 다른 사람이 기웃거려 귀찮게 하는 일도 없을 것이었다.

　의자도 전광판도 찾아볼 수 없는 어느 초라한 정류장에서 내린 진겸은 쏟아지는 비를 가만히 올려다보았다. 혹시라도 의심을 살까 봐서 가방엔 손도 대지 않은 채 그대로 메고 나와 역 화장실에서 그 안에 든 것을 모두 버렸다. 학교에는 언니인 척 몸이 아파 병원에 있다고 대충 둘러댔다. 중간에 옷을 따로 갈아입을까도 생각해보았지만, 자신이 언제 발견될지 확신할 수 없어 그냥 교복을 입고 가기로 했다. 바닷물에 퉁퉁 부어 얼굴을 확인할 수 없게 되더라도 교복을 보고 진겸의 학교 정도는 쉽게 찾아낼 수 있을지도 모르니까. 대신 그 위로 겉옷을 입어 학교 마크와 명찰을 꼼꼼히 가렸다. 평일에 교복을 입고 학교 대신 거리를 돌아다니면 눈에 띄지 않을 수는 없겠지만 최대한 숨길 수 있는 만큼은 숨겨볼 생각이었다.

정류장 건너편에 슈퍼라고 이름 붙이기도 민망한 작은 가게가 있었다. 진겸은 얼른 그 앞으로 뛰어 들어가 우산 하나를 샀다. 돈을 내밀다가 진겸은 문득 무언가를 생각하고 바람이 모두 빠져나가 볼품없이 쭈그러든 풍선처럼 힘없이 웃었다. 곧 죽으려고 하는데도 비 맞는 건 신경이 쓰여 우산을 사고 있는 자신의 상황이 어이가 없다가도 이내 조금쯤 서글퍼졌다.

"광진고가? 거기 교복이 그새 그래 바뀌었나."

거스름돈을 건네주며 주인이 진겸을 이리저리 훑어보았다. 자신도 모르게 풀어졌던 긴장이 다시금 되살아나며 진겸은 한껏 경계하는 얼굴로 어깨를 움츠렸다.

"아, 아니에요. 저는 다른 학교예요."

주인이 더 묻기 전에 진겸은 서둘러 가게를 빠져나왔다. 그러고는 얼굴이 보이지 않게 우산을 잔뜩 내려쓰고는 방파제가 있다고 미리 찾아놓은 곳을 향해 서둘러 걸어갔다.

아무도 없는 방파제는 사진으로 보았던 것보다 훨씬 더 을씨년스러웠다. 진겸은 천천히 그 끝까지 걸어갔다. 가야 하는 걸 알면서도 가고 싶지 않은 마음이 그대로 드러난 혼란스러운 발걸음이 자꾸만 몇 번이고 제멋대로 꼬여 멈칫거렸다. 멍하니 거세게 파도가 몰아치는 바다를 내려다보다가 세차게 불어온 바람에 진겸은 그만 들고 있던 우산을 놓쳐버리고 말았다. 저만치 바다 위로 떨어진 우산이 파도에 휩쓸려 금세 보이지 않는 곳으로 떠내려가버렸다. 그게 마치 자신의 모습 같아서 파르르 떨리기 시작한 진겸의 뺨 위로 눈물이 후두두 떨어져 내렸다.

어쩌다 이렇게 된 걸까. 내가 뭘 잘못했다고.

죽는 건 무서웠지만 그렇다고 이대로 다시 돌아가고 싶지도 않았다. 연호와 반이 갈리고 학년이 달라질 때마다 매번 얼굴만 바뀔 뿐 그 속은 똑같을 것이 뻔한 아이들 그리고 매일같이 이어지는 그 악몽 같은 삶을 다시금 마주하는 것은 생각만 해도 더 무섭고 끔찍했다.

내가 조금만 더 강했더라면 달랐을까? 그 애가 나한테 그러지 못하도록. 누구든 다시는 나를 괴롭히지 못하도록.

그러나 이제 와서 무슨 생각을 한들 이미 소용없는 것일 터였다. 조금씩 앞으로 나아가는 진겸의 걸음을 따라 이미 한참 전에 절반이 넘게 밀려나간 운동화가 아슬아슬 길 끝에 걸려 있었다. 여전히 망설이는 얼굴이 되어 진겸은 등 뒤로 남겨진 길을 돌아보았다. 두려움과 복잡한 감정이 눈물과 뒤섞여, 떨어져 내린 빗방울로 흠뻑 젖은 얼굴 위로 지울 수 없이 깊게 새겨져 있었다. 그때 손에 쥐고 있던 휴대전화가 불길하게 몸을 떨기 시작했다. 화면 위로 떠오른 번호를 내려다보던 진겸의 얼굴이 위태롭게 부여잡고 있던 무언가를 끝내 놓쳐버리고 만 것처럼 단숨에 무너져 내렸다. 연호의 전화였다.

진겸을 찾는 진동음은 언제까지라도 계속해서 이어질 것처럼 징그럽게도 끊어지지 않고 있었다. 피할 곳이라고는 없이 사방에서 동시에 숨통을 조여오는 끝없는 굴레와도 같은 그 휴대전화를 진겸은 무서운 무엇이라도 되는 것처럼 힘껏 바닷속으로 내던져버렸다. 잔뜩 힘이 실린 몸이 검은 바다를 향해 한껏 기울어지며 금방이라도 그 위로 쓰러져버릴 것처럼 위태롭게 흔들렸다.

"엄마, 언니……. 나 진짜로 죽기 싫어. 너무 무서워. 근데…… 할 수가 없어. 나 진짜 어떻게 해……."

붉게 물든 눈을 하고서 진겸은 마지막으로 숨이 잘 쉬어지지 않는 것처럼 답답한 가슴을 부여잡으며 서러운 눈물을 토해냈다. 지금이라도 누군가 자신을 잡아주기를 간절히 바라는 것처럼 온통 젖은 얼굴이 힘겹게 뒤를 돌아보려던 바로 그때였다.

무언가를 발견한 진겸이 그대로 그 자리에 얼어붙었다. 발 아래 검은 물속에서 또 다른 자신이 진겸을 똑바로 올려다보고 있었다. 물에 비친 그림자 같은 게 아니었다. 그러기에는 지나치게 또렷하고 완전한 모습을 한 채였다.

게다가 그 눈. 조금도 움직이지 않고 가만히 자신을 노려보는 차가운 눈동자.

들여다보는 순간 숨이 막혀 어떻게든 벗어나고만 싶어지는 기분 나쁜 무언가가 그 안에 들어 있었다.

아니야. 저건 내가 아니야.

진겸은 할 수만 있다면 아무것도 보지 못한 척 돌아서서 어디로든 달아나고 싶었다. 하지만 몸은 그런 진겸을 비웃기라도 하듯 완전히 굳어버린 채로 움직일 생각조차 하지 않았다.

갑자기 나타난 거대한 파도가 방파제 위로 거침없이 달려들었다. 단숨에 모든 것을 집어삼킨 물살에 휩쓸려 진겸은 눈 깜짝할 사이에 바다로 내던져졌다. 소름 끼치도록 새하얀 거품이 기다렸다는 듯 한꺼번에 진겸을 감싸안았다. 그러고는 곧 한 번도 느껴본 적 없는 엄청난 힘으로 온몸을 모조리 으스러뜨릴 만큼 억세게 조여오기 시작했다. 비바람이 불어닥칠 때마다 이리저리 물살이 굽이치며 눈에 보이는 대로 삼키고 뱉어내기를 반복했다. 진겸을 빈틈없이 둘러싼 그것들은 조금도 흩어지지 않고 악착같이 들러붙은 채로 살갗 더 깊숙이 파고들어갔다. 마지막 남은 그림자 한 조각까지 남김없이 시리도록 차가운 물거품 속으로 빨려 들어가는 순간, 진겸은 무엇이 자신이고 또 무엇이 바다인지 다시는 알 수 없게 되었다.

모든 것이 점차 희미하게 어그러지며 힘없이 멈추어버린 눈동자 위로 사그라들었다. 끝을 모르는 어둠 속으로 완전히 사라져버리기 전에 진겸은 이제야 비로소 알 것만도 같았다. 결국 어떤 식으로든 소원은 이미 이루어진 셈이었다. 다만 결코 원한 적 없는 모습을 하고 나타났을 뿐.

허공 높이 물안개가 피어오르며 어둑하게 흐려진 하늘 끝까지 매섭게 물방울을 흩뿌렸다. 다시 한번 파도가 밀려갔을 때 그 자리에는 더는 아무것도 남아 있지 않았다.

방파제 위로 거칠게 울부짖던 소리가 마침내 잠잠하게 가라앉으며 세상의 모든 소리를 한꺼번에 줄여버린 것처럼 아득한 고요만이 그 자리를 가만히 맴돌았다. 무언가를 비밀스럽게 감추어둔 듯 조심스럽게 허공을 떠도는 그 적막한 공기를 가르고 하염없이 떨어지는 빗소리만이 다시 울려 퍼지는 가운데 별안간 나타난 기계음 하나가 대번에 그 가장자리를 힘껏 잡아 뜯었다. 방파제와 이어진 도로 저 끝에서 낡은 트럭이 급하게 멈추어 섰다. 그 안에서 남자 하나가 고개를 한껏 내민 채 텅 비어 있는 방파제를 뚫어져라 쳐다보았다.

분명 누가 있는 것도 같았는데.

심각한 표정이 되어 남자는 뭔가를 찾는 얼굴로 한동안 자리를 떠나지 못했다. 한껏 깊게 골이 파인 남자의 눈썹을 따라 오래된 트럭이 요란한 기침을 내뱉으며 불쾌하게 연신 목을 가다듬었다. 그러나 언제 그랬냐는 듯 잠잠하게 가라앉은 파도가 규칙적으로 넘실거리는 소리만이 지금은 남자가 찾을 수 있는 전부였다.

여전히 석연치 않은 얼굴로 방파제를 노려보듯 바라보던 남자가 그새 제법 까슬하게 올라온 수염을 벅벅 문지르면서 다시 창문을 닫아 올렸다. 마지못해 액셀 위로 올려놓은 발에 힘을 싣자 남자의 트럭이 웅크렸던 노쇠한 몸을 느릿느릿 비트는 소리가 한산한 도로 위를 애처롭게 울려댔다. 곧 멈춘 적도 없던 것처럼 끝없이 이어진 길을 이어 내달리기 시작한 그들의 모습이 점점 작아지다가 마침내 보이지도 않는 작은 점이 되어 완전히 사라져버렸다.

그 뒤로도 한참의 시간이 더 흘러 지나간 후에야 홀로 남겨진 방파제 너머로 아무것도 모르는 척 굳게 입을 다물었던 바다가 기다렸다는 듯이 기지개를 켜며 거친 파도를 연달아 밀어냈다. 검은 바닷물이 한참을 떠밀려가고 남은 자리 위로 못 보던 그림자 하나가 짙게 얼룩져 있었다.

처음에는 보고도 그냥 지나쳐버릴 만큼 아주 작고 사소한 무언가에 불과했다. 이까지 악다문 채로 한참을 노려보고 섰던 남자가 아무것도 찾아내지 못했던 것도 어쩌면 당연할 정도였다. 그러나 희멀건 침 같은 거품을 무심하게 뱉어놓고선 파도가 몇 번을 더 밀려왔다 사그라지고 나자 그것은 조금씩 형체를 갖춘 무언가로 보이기 시작했다. 얼마 지나지 않아 어디선가 나타난 새하얀 손 하나가 축축하게 젖어 들어간 바닥을 단단하게 붙잡았다. 그 뒤로 작은 사람 형상 하나가 조금도

힘들이지 않고 단숨에 날듯이 방파제 위로 올라와 섰다. 진겸
이었다.

그러나 진겸은 그사이 어딘가 모르게 달라져 있는 모습이었
다. 어깨죽지를 덮을 만큼 길었던 머리카락은 조금 더 짧아졌
고, 지난 몇 달 동안 괴롭힘에 시달려 튀어나온 뼈마디를 하나
하나 세어 내려갈 수 있을 만큼 말랐던 홀쭉한 얼굴에는 다시
살이 보기 좋게 차올라 제 나이에 맞게 앳되어 보였다. 어째선
지 조금도 젖지 않고 말끔한 새 교복 위에는 아직 명찰이 달리
지 않은 채였다. 진겸의 상상 속에서 수백 번을 지워내고 다시
고쳐 쓰기를 반복했던 그 언젠가 입학식 날 아침에 집을 나섰
던 그 모습 그대로였다.

잠시 그 자리에 서서 진겸은 손에 쥔 휴대전화를 내려다보
았다. 액정이 완전히 박살 나버린 휴대전화는 몇 번을 켜보아
도 결국 고장이 났는지 줄곧 검은 화면만을 내보일 뿐이었다.
표정이라고는 조금도 들어 있지 않은 얼굴로 그것을 미련 없
이 바다로 던져버린 진겸이 쏟아지는 빗줄기 아래로 거침없이
걸어가기 시작했다. 이제 물방울들은 진겸을 조금도 적시지
못하고 그대로 튕겨나가 바닥 위로 아무렇게나 떨어지고 있었
다. 진겸을 아는 누군가가 지금 그 모습을 보았더라면 대번에
눈썹을 치켜들며 고개를 갸웃거렸을지도 모를 일이었다. 별안
간 완전히 달라진 사람이 되어버린 진겸의 얼굴에 서려 있던

것이라고는 조금의 무서울 것도 거리낄 것도 없는 무시무시한 고요, 그뿐이었다.

진겸은 마치 전에 와보기라도 한 것처럼 자연스럽게 시내의 어느 휴대전화 대리점으로 들어갔다. 휴대전화 게임을 하며 앉아 있던 사장이 대번에 탐욕스러운 눈으로 진겸을 이리저리 훑어보았다. 그러고는 진열대 아래의 휴대전화를 보고 있는 진겸을 향해 걸어와 기분 나쁘게 웃어 보였다.

"여기 애 아니지? 못 보던 교복인데."

대꾸도 하지 않는 진겸에게 어깨를 으쓱거려 보인 사장이 곧 휴대전화 하나를 꺼내 진열대 위에 올려놓았다.

"요즘은 이게 좋아, 이걸로 해. 어차피 살 거 새로 나온 걸로 해야 뭐라도 있어 보이지, 안 그래? 아는지 모르겠는데 이 근처에서 아저씨만큼 잘해주는 사람 없다? 어디 가서 이만한 가격에 이거 못 산다고. 너 오늘 운 좋다, 야."

사장이 마음대로 가입서를 가져다가 이것저것 채워 넣기 시작하는 볼펜 소리가 유리 선반 위를 요란하게 달각거렸다. 그 옆에 내려놓은 휴대전화에서 게임 소리가 쉬지 않고 터져 나오며 사장이 흥얼거리는 아이돌 노래와 시끄럽게 겹쳐졌다.

그런 사장을 내버려두고서 진겸은 무언가를 찾듯 가만히 주위를 둘러보았다. 매장 천장에 달린 카메라를 발견한 눈동자가 순식간에 가늘어졌다. 어쩐지 신이 나 보이기까지 하는 사장을 잠시 내려다보던 진겸은 다시 시선을 돌려 그 검은 반원을 지그시 지켜보았다. 곧 새까만 렌즈가 천천히 금이 가며 깨져 부서지고, 사장이 등지고 있는 모니터 서너 대 위로 매장 곳곳을 비추고 있던 화면이 지직거리며 흔들리다 얼마 안 가 완전히 꺼져버렸다. 그러나 사장은 여전히 아무것도 알아차리지 못한 것처럼 보였다.

"여기에다가 이름이랑 전화번호만 적어줘. 나머지는 다 알아서 하는 방법이 있으니까. 너 결제는 뭐로 할래? 카드로 하면……."

"아저씨."

무미건조한 목소리에 사장은 이제야 무언가 이상하다는 듯이 소리가 난 곳을 천천히 올려다보았다. 아무런 표정도 찾아볼 수 없는 차가운 얼굴로 진겸이 그런 사장을 가만히 쳐다보고 있었다. 사장의 눈빛이 묘하게 변하며 곧 그 안이 이상하리만치 아무것도 남지 않고 텅 비어버렸다.

"나가보세요. 급하게 갈 데가 있잖아요."

조금도 깜빡이지 않고 자신을 똑바로 향하고 있는 눈동자를 보며 사장은 마치 꿈을 꾸는 것처럼 멍한 얼굴이 되었다.

"아, 그랬지. 그래, 고맙다."

무언가에 홀린 듯이 천천히 진열대 안에서 나온 사장이 진겹을 지나치자마자 갑자기 밖을 향해 전속력으로 달려나갔다. 곧 찢어질 듯한 타이어 소리와 함께 묵직한 무언가가 부딪혔다 떨어지는 소리가 도로 위에 크게 울려 퍼졌다. 아주 잠깐의 정적이 내려앉은 그 위로 금세 사람들의 비명이 어지럽게 뒤섞이며 혼란스러워졌다. 그러나 진겸은 여전히 아무것도 쓰여 있지 않은 얼굴로 천천히 눈앞에 놓인 휴대전화를 집어 들 뿐이었다. 밖으로 걸어 나오는 걸음이 어떠한 놀람도 조급함도 없이 지나칠 만큼 차분하기만 했다.

도로 중간에 멈추어 선 차 주위로 점점 더 많은 사람이 몰려들었다. 아무렇게나 팔다리를 늘어뜨린 사장이 피범벅이 된 채로 멀찍이 쓰러져 있었다. 운전석 문이 열리고 사람 하나가 비틀거리듯 걸어 나와 울음을 토해내듯 소리를 내질렀다.

"저, 저 사람이 갑자기 뛰어들었어요……. 완전히 죽으려고 작정하고 달려들었다고……."

엉망이 되어버린 도로 위로 몰려든 사람 중 누구도 그 옆을 유유히 지나치는 교복 차림의 여자아이가 있었다는 사실을 알아차리지 못했다.

서울로 향하는 고속버스에 올라탄 진겸이 무릎 위로 새 휴대전화를 꺼내 가만히 올려놓았다. 전원을 켜자마자 기다렸다는 듯이 셀 수 없을 만큼 많은 부재중전화와 문자메시지들이 쏟아져 내렸다. 그것들을 깔끔하게 무시한 채 진겸은 곧장 메

신저 앱을 눌러 감옥처럼 빠져나갈 수도 없게 빽빽하게 이어진 긴 대화창을 무심히 손가락 끝으로 쓸어내렸다. 남의 일을 구경하기라도 하는 것처럼 그것을 훑어보는 진겸의 눈 속에 가지고 놀 만한 놀잇감을 고르는 아이같이 재미있어하는 표정이 느리게 떠올랐다 사라졌다.

그때 전화가 울리며 새까만 화면이 연호의 전화번호를 그 위로 신경질적으로 띄워 올렸다. 마침내 원하는 것을 찾았다는 듯이 진겸의 입술 끝이 천천히 들려 올라갔다. 얼굴 가득 피어오른 것은 너무 순수해서 되레 잔인할 만큼 완전무결한 어떤 기쁨과도 같은 것이었다.

통화 버튼을 누르자마자 거친 욕설과 함께 한껏 화가 난 목소리가 튀어나왔다. 그 소리가 어찌나 컸던지 주위에 앉아 있던 사람들이 깜짝 놀라 모두 진겸을 쳐다볼 정도였다. 그러나 정작 휴대전화를 쥔 손을 까닥거리는 진겸은 아무렇지 않은 듯 평온해 보이기만 할 뿐이었다.

한참을 혼자서 아무렇게나 말을 쏟아내던 전화는 걸려왔을 때처럼 제멋대로 끊어져버렸다. 휴대전화를 내려놓고서 진겸은 그새 뿌옇게 김이 서린 창문으로 고개를 돌렸다. 가느다란 손가락이 유리 위를 그대로 미끄러지는 위로 아까 사장이 흥얼거렸던 아이돌 노래를 따라 읊조리는 진겸의 목소리가 느리게 내려앉았다. 마침내 서늘한 유리창 위에서 손을 뗀 진겸이 아이처럼 좋아하며 창문에 손가락으로 써 내려간 글씨를 대단한 무언가라도 되는 듯이 오래도록 쳐다보았다.

진겸이랑 연호랑. 우리 우정 영원히.

사랑스럽게 그 끝이 한껏 올라갔던 작은 입술이 순식간에 바닥으로 떨어져 내리며 이내 보는 사람마저 그 무정함에 몸을 떨고야 말 정도로 싸늘하게 얼어붙었다. 매섭게 가라앉은 눈으로 그것을 노려보던 진겸이 거칠게 손바닥을 문질러 어느새 반쯤 사라져버리고 없는 글자를 모두 지워버렸다. 형체를 알 수 없이 잔뜩 뭉개져 이제는 아무것도 남지 않은 그 자리를 가만히 내려다보던 진겸이 고개를 돌려 팔짱을 낀 채로 의자 깊숙이 몸을 묻었다.

더욱 세차게 내리기 시작한 비가 버스 지붕을 때리는 소리가 요란하게 눈꺼풀 위를 맴돌았다. 그러나 진겸의 손이 닿았던 자리는 조금도 변하지 않고 엉망으로 휘저어진 그대로 남아 있을 뿐이었다. 그 위로는 무슨 일인지 세차게 퍼붓는 빗방울조차 흘러내리지 않는 채였다.

바다를 가르듯 빗길을 헤치며 버스가 거침없이 내달렸다. 그 속에 무엇이 숨겨져 있을지 모를 짙은 안개가 불길하게 퍼져 있는 사이를 뚫고 지나간 버스가 곧 흔적도 없이 어둠 속으로 사라져버렸다.

*

1층 음악실에서는 반쯤 열어둔 창문 너머로 삼삼오오 짝을 지어 재잘거리며 식당으로 가는 아이들의 모습이 고스란히 건너다보였다. 피아노 앞에 앉아 건성으로 건반을 두드리던 연호가 이내 싫증이 난 듯 의자 위로 드러누워 휴대전화를 만지작거렸다. 평소와 다를 것 없는 날이었다. 그러나 티 하나 없이 새하얀 얼굴에는 어쩐지 짜증이 가득했다. 어딘가로 전화를 거는 모양인지 휴대전화 가까이 걸린 입술이 무미건조한 연결음을 따라 이리저리 힘껏 비틀렸다. 한참을 기다린 끝에 흘러나온 목소리가 자신이 원하던 것이 아닌 것을 알아차리자마자 연호는 화를 내며 전화를 꺼버렸다. 만일 반 아이들 누구든 지금 그 모습을 봤다면 깜짝 놀랐을 것이 분명했다. 그건 남들 앞에서는 절대 보이지 않는 연호의 또 다른 얼굴이었다. 잔뜩 일그러진 얼굴로 한동안 화면 위로 무언가를 화풀이하듯 쏟아내던 연호가 마침내 휴대전화를 주머니에 집어넣고는 따분해죽겠다는 얼굴로 자리에서 일어났다.

아, 재미없어.

기분 나쁜 쇳소리를 내며 다시금 단단히 이를 다무는 자물쇠 위로 무미건조하게 흘러나온 휘파람 소리가 잠시 맴돌다 사라졌다. 춤을 추듯 가볍게 계단을 오르던 걸음이 마치 보이지 않는 누군가가 매섭게 낚아챈 것처럼 별안간 위태롭게 비틀거렸다. 가까스로 다시 중심을 잡고 허리를 꼿꼿이 펴면서 연호는 한껏 인상을 쓰고 등 뒤를 홱 쏘아보았다. 그러나 아무도 없이 텅 빈 복도에는 어디선가 간간이 흘러드는 아이들의 웃음소리만이 아득한 무언가처럼 옅게 메아리치고 있을 뿐이었다. 고개를 갸웃거리며 다시 계단을 오르던 연호가 얼마 못가 신경질적으로 바닥을 차며 멈추어 섰다. 이번엔 똑똑히 들었다. 아주 희미하기는 했지만 어디선가 슬그머니 나타나 공기 중을 맴돌며 연호를 잡아 세운 것은 피아노 소리가 분명했다. 끊어질 듯 끊어지지 않고 이어지는 그 소리를 따라 달리듯이 걸음을 되돌리면서 연호는 제멋대로 음악실 문을 열고 들어간 누군가를 향해 한껏 날이 선 욕을 연신 내뱉었다.

그러나 다시 음악실로 돌아가서 문고리를 잡아 돌리자마자 피아노 소리는 오간 데 없이 끊어졌다. 남은 것이라고는 낡은 경첩이 삐걱거리는 아래로 꽉 잠긴 철문이 내뱉는 무거운 탄식뿐이었다. 주머니 안에 묵직하게 내려앉은 차가운 금속의 감촉을 느끼면서 연호는 잠시 그 앞에 서서 그 너머에 있을지도 모를 무언가를 잔뜩 노려보았다. 결국 조금 더 망설인 끝에 문을 열고 들어가자마자 기다렸다는 듯이 피아노 소리가 다시금 들려오기 시작했다. 텅 빈 의자 주위를 어지럽게 맴도는 그 소리를 들으면서 연호는 천천히 계단을 밟아 내려갔다. 피아노 앞에 누군가 앉아 있었다. 어린아이가 장난을 치듯 아무렇게나 눌러대는 것만 같던 건반 소리가 점차 하나로 합쳐지며 방금까지 연호가 치고 있던 피아노곡을 순식간에 그대로 옮겨 놓았다. 연호가 대번에 기분이 나빠진 얼굴로 그 자리에 멈추어 섰다. 화를 참듯 억세게 비틀리는 입술과는 달리 연호를 아는 사람이면 누구든 들어봤을 친절하고 부드러운 목소리가 그 위를 가만히 덮어 내렸다.

"거기 누구야?"

대답은 들려오지 않았다. 대신 연호를 부르듯 조금 더 커진 듯한 피아노 소리만이 여전히 제멋대로 박자를 바꾸어가며 공기 중을 흘러 다니고 있을 뿐이었다. 어느새 발밑까지 밀려든 그 어딘가 불쾌하게 기분 나쁜 소리를 짓이기듯 연호가 힘을 주어 운동화 끝으로 바닥을 문질렀다. 마침내 피아노 바로 앞까지 다다르자 거침없이 걸어가던 걸음이 일순 멈칫하며 흔들렸다. 자신을 똑바로 바라보고 있는 얼굴은 한없이 익숙하면서도 어딘지 모르게 난생처음 보는 듯한 기분이 들 만큼 이상한 어떤 것이었다. 그 설명할 수 없는 이질적인 느낌에 연호는 잠시 눈앞에 앉아 있는 진겸을 멍하니 쳐다보기만 했다. 그러다 무언가를 떠올린 듯 퍼뜩 정신을 차린 연호의 얼굴이 순식간에 무섭게 일그러졌다.

"너……. 이 씨…….."

그러나 말은 어쩐지 조금도 이어지지 못하고 그대로 얼어붙어 혀끝을 무디게 맴돌기만 했다. 다른 사람의 것처럼 좀처럼 힘이 들어가지 않는 몸이 당황스러웠다. 연호는 딸꾹질을 내뱉듯 연신 아무렇게나 댕강 잘려나간 숨을 가쁘게 들이마시며 몸을 떨었다. 어느샌가 코앞까지 다가온 진겸이 그런 연호를 향해 씩 웃어 보였다. 조금도 깜빡이지 않는 검은 눈동자가 정말이지 즐거워 견딜 수 없다는 듯이 반짝거리는 채였다.

"네 말이 맞아. 앞으로 재미있는 일이 아주아주 많을 거야. 벌써 완전 기대된다. 그치, 연호야."

목덜미를 타고 흐르는 서늘한 목소리는 그 안에 들어 있는 것이 무엇인지 가늠조차 할 수 없어 어쩐지 불길하게 느껴지는 것이었다. 연호는 당장이라도 손을 뻗어 있는 힘껏 진겸을 밀쳐내고 소리를 지르고만 싶었다. 하지만 무슨 이유에선지 자신을 빤히 바라보고 있는 진겸에게서 고개를 돌릴 수도, 눈을 감아버릴 수도 없었다. 억지로 부릅뜨고 있는 눈이 견딜 수 없이 아려오며 따가운 눈물을 제멋대로 뺨 위로 떨구었다.

어느 순간 연호는 알게 되었다. 지금 자신의 눈에 비친 저 존재는 그동안 모든 걸 다 알고 있다고 생각했던 진겸이 아니라 전혀 다른 낯선 누군가라는 걸.

그리고 그 비밀을 아는 사람은 언제까지나 오직 자신뿐일 거라는 것도.

열린 창문으로 바람이 흘러들어오며 진겸의 머리카락을 아무렇게나 흩뜨렸다. 연호는 어쩐지 그 속에서 빽빽하게 들어선 아파트 단지로 둘러싸인 이곳에 있을 리 없는 파도 소리를 들은 것도 같았다.

영의와 천주

"여기가 조금 외지기는 해도 이 바로 앞이 방파제거든. 밤이고 낮이고 나가서 바다 보기에도 좋고, 아까 그림 그린다고 했죠. 파도 소리 들으면서 이 앞에서 연필 하나 잡으면 이야, 없던 영감도 그냥 바로 솟아버리지. 안 그래요?"

딱 보기에도 구색을 갖추느라 당장 며칠 전에 허겁지겁 달아놓은 것이 분명한 싸구려 커튼을 힘차게 젖히면서 부동산 중개인이 영의를 돌아보았다. 마을 입구에서 비탈진 언덕을 한참은 올라와야 했던 것과는 달리 그늘진 뒤뜰과 맞닿아 있는 좁은 골목 너머는 바로 방파제로 나가는 길로 이어져 있다. 짭조름한 바람에 실려 마치 숨을 들이마시고 내뱉는 것처럼 일정하게 오르내리는 파도 소리를 들으면서 영의는 낡다

못해 삭아 내려앉기 시작한 창문 앞으로 조금 더 걸어가 섰다.

짐이라고 부르기도 멋쩍은 작은 가방 하나만을 들고서 영의가 며칠 전 처음 내려섰던 곳은 몇 년 새 드라마 촬영지로 갑자기 유명해진 옆 마을이었다. 언제 틀어놓았는지 알 수도 없는 텔레비전이 어둠 속에서 지치지도 않고 혼자 떠들어대다가 벌써 몇 번째일지 모를 재방송으로 낯익은 풍경들을 띄워 올렸을 때, 그 위로 언젠가의 기억이 겹쳐져 영의의 눈앞에 느리게 떠올랐었다. 등 뒤로 무심히 앉아 있는 얼굴을 향해 고개를 힘껏 돌려 몇 번이고 조른 끝에 우리도 한번 저곳에 가보자고 겨우 받아냈던 다짐이, 다른 무수한 날과 마찬가지로 결국엔 지켜지지 않을 것이 뻔한 약속이었음은 영의도 알고 있었다. 그래도 도망치듯 서울을 떠나 무작정 어디론가 숨어버리겠다고 생각했을 때 가장 먼저 이곳을 떠올렸던 것은, 언제나처럼 홀로 삭여 감춰두었던 속상함도, 결국엔 언성을 높이다 싸움으로 끝나버린 대화도 이제는 모두 한데 뭉친 찌꺼기가 되어 기억의 저 아래 어딘가로 고스란히 가라앉아버렸기 때문이었을 터였다.

그러나 막상 도착해서 본 것은 불쾌한 어수선함이 그 위로 가득 내려앉아 자꾸만 걸음을 왔던 곳으로 떠미는 느낌이 드는 곳이었다. 어설프게 흘러들다 끊겨버린 돈 냄새에 물들어버린 마을 곳곳은 반짝했던 인기가 시들어 사라지고 난 뒤의

흉물만 보기 싫게 덩그러니 남은 데다, 사람들은 저마다의 이유로 잔뜩 날이 선 채로 얼마 되지 않는 관광객들을 향해 불만스러운 눈빛을 숨기지 않고 쏘아대고 있었다. 반나절도 지나지 않아 영의는 보이지 않는 무언가가 어깨를 짓누르고 있는 것 같은 극심한 피로감에 머리가 어지러웠다. 대신 차로 삼십분은 더 들어가야 나오는, 바다를 향해 길게 뻗은 방파제 말고는 볼 것이라고는 아무것도 없는 작은 바닷가 마을이 계획에도 없이 별안간 영의의 마음을 단숨에 사로잡았다. 이곳에서라면 마침내 누구의 방해도 없이 조용히 그만을 생각할 수 있을 터였다.

자꾸만 울리는 전화를 어김없이 거절 버튼을 힘주어 눌러 꺼버리는 영의의 얼굴에 표정이라고는 남아 있지 않았다. 그러자 이번에는 요란한 진동음을 매단 문자메시지들이 잇달아 들어오며 내리깐 얼굴 위로 푸르스름한 빛을 어지럽게 쏘아 올렸다.

[누나, 오고 있는 거죠? 오늘 진짜 누나가 안 오면 안 되는 자리인 거 알잖아요. 선배들이랑 교수님도 벌써 다 와 계세요.]

[지금 어디쯤이세요. 제가 마중 나갈까요.]

[누나, 제발. 전화 좀 받아요.]

천주의 영결식은 그가 그토록 찬란하게 빛났던 시절이 곳곳에 녹아든 채로 이제는 영원히 그 시간에 멈추어 있을 모교의 강당 하나를 빌려 치러질 예정이었다. 천주를 몰랐더라면, 아니 언제 어떻게든 스쳐 지나서라도 그 이름을 들어본 적이 있는 다른 사람들처럼 딱 그 정도로만 천주를 알았더라면 영의도 아마 그곳이 천주에게 가장 어울리는 곳이라고 생각했을 것이었다.

그러나 영의는 누구에게 무슨 말을 듣든 여전히 천주가 죽지 않았다고 굳게 믿었다. 천주를 자꾸만 죽은 사람으로, 과거로 밀어 넣으려는 사람들이 미워 견딜 수가 없었다. 영결식 장소와 시간이 적힌 단체 문자를 보자마자 영의는 화장실로 달려가 아무것도 들어 있지 않은 빈속을 오래도록 비워냈다. 한참 만에야 비틀거리며 걸어 나온 영의의 물기 어린 입술 위로 화한 치약 냄새가 아무렇게나 들러붙어 있었다. 그들은 절대로 영의의 용서를 받지 못할 터였다.

"뭐가 많이 바쁘신가 봐. 전화랑 계속 들어오는데 안 받아도 되나."

두 사람이 서자 금세 가득 들어찬 좁은 방은 아무리 남편과 함께 복덕방을 차려 삼 남매를 차례로 도시의 대학까지 보내 놓은 형숙이라도 더는 할 말을 찾기 어려운 것이었다. 물을 먹어 그 위로 검게 곰팡이가 핀 벽지를 제 바짓자락으로 얼른 감추어 서면서 형숙이 어색한 미소만 연신 움찔거렸다. 그 얼굴 너머로 내다보이는 조각난 바다에서 눈을 떼지 않으며 영의가 대답했다.

"괜찮아요. 여기로 할게요."

모두 합쳐도 한 줌도 되지 않는 물건들을 적당히 풀어 정리해두고 나자 영의는 문득 창문 너머로 조그맣게 보이던 방파제를 떠올렸다. 제법 볕이 좋았던 하늘은 금세 어둑하니 얼굴을 바꾸어 낀 채 매서운 바람을 이리저리 굴려대고 있었다. 금방이라도 넘어올 것처럼 넘실대는 파도를 내려다보며 영의는 방파제 끝까지 하염없이 걸어갔다.

거칠게 부는 바람이 자꾸만 머리카락을 어지럽게 흩날렸다. 눈을 아프게 찔러대는 그 끝을 그러모아 하나로 묶으려고 손을 뻗었을 때 손가락 아래로 느껴진 것은 허전하게 비어버린 자리가 남긴 공허뿐이었다. 주위를 두리번거리던 영의가 방파제 위로 떨어져 물살에 이리저리 흔들리고 있는 작은 머리핀 하나를 발견하고 입술을 깨물었다.

안 돼!

생각할 겨를도 없이 영의가 미친 사람처럼 냅다 방파제 아래를 향해 뛰어 내려갔다. 그러나 몇 번이고 비틀거리며 미끄러지는 걸음보다 바닷물이 삼키는 속도는 더 빨라 이미 머리

핀은 어두운 바다 아래로 사라져 보이지도 않게 되었다. 아무렇게나 튀어 오르는 물방울에 온몸이 젖은 채로 영의는 그저 허망하게 그 자리에 멈추어 섰다. 그때 누군가 소리를 지르며 달려오는 것이 느껴졌다.

"이 날씨에 죽으려고 환장을 했나. 거길 왜 내려가고 그래요. 얼른 올라와요. 아, 얼른!"

얼마나 급하게 뛰어왔는지 군데군데 하얗게 새치가 올라온 머리가 잔뜩 헝클어진 채로 남자가 영의를 향해 매섭게 눈을 부라렸다.

"그런 게 아니라…… 그냥…… 뭘 좀 찾고 있었어요."

여전히 그 어딘가에 가라앉고 있을 머리핀에 미련을 버리지 못한 채로 영의가 작게 중얼거렸다. 파도가 오가며 잔뜩 뱉어놓은 침처럼 희멀건 거품이 낀 자리 위로 내디딘 걸음이 자꾸만 어설프게 미끄러졌다. 한참을 못마땅한 얼굴로 서서 영의를 지켜보던 남자가 신경질적으로 손을 뻗어 단숨에 영의의 몸을 끌어 올렸다. 등 뒤로 고스란히 느껴지는 남자의 시선을 느끼면서 영의는 마치 잘못을 저지른 아이 같은 기분이 되어 감각이 무뎌진 발에 조금 더 힘을 실었다. 방파제를 완전히 벗어나 바로 앞으로 이어진 이차선도로로 나올 때까지 남자는 여전히 의심스러운 눈을 영의에게 매단 채였다.

"앞으로는 웬만하면 이리로 다니지 말아요. 여긴 낮에도 오가는 사람이 없어서 혼자서는 뭔 일을 당해도 다들 그런 줄도 모를 테니까."

도로에 시동을 켠 채로 남겨져 있던 낡은 트럭 앞까지 걸어 가자 남자가 영의를 건져 올리느라 역시 흠뻑 젖어버린 신발 을 바닥 위로 아무렇게나 차댔다. 영의는 대답하지 않고 그저 작게 고개를 숙여 보였다. 집으로 올라가는 좁은 골목으로 한 참을 들어서자 그제야 남자의 낡은 트럭이 덜거덕 요란한 소 리를 내며 사라져가는 것이 느껴졌다.

거울 앞에 앉아 아무것도 남지 않은 머리카락을 힘없이 쓸 어내리는 얼굴이 금방이라도 울 것처럼 아슬아슬했다. 이제는 영영 잃어버리고 만 것은 천주가 처음으로 영의에게 선물로 사주었던 것이었다. 가까이 들여다보면 본드로 엉성하게 붙여 놓은 조잡한 모조 보석 장식에 뒤판은 어느샌가 녹이 슬기 시 작한 싸구려였지만 천주가 처음 제 손에 그것을 쥐여준 그 순 간부터 영의에게는 세상에서 가장 소중한 물건이었다. 칠 년 을 만나는 동안 아까워서 몇 번 해보지도 못했던 건데.

천주의 흔적은 아무리 붙잡아두려고 해도 마치 영의를 비웃 기라도 하는 듯 자꾸만 하나둘씩 손가락 사이로 빠져나가기만 했다. 이러다 결국엔 천주에 대한 기억은 아무것도 남지 않는 것은 아닐까. 그리고 그게 당연해지는 자신만이 남는 것은 아 닐까 영의는 두려워졌다.

오래도록 아무것도 적어내지 못한 흰 바탕 위로 재촉하듯 검은 커서가 자꾸만 깜빡거렸다. 먼저 졸업해 타지로 취직한 천주와의 일상을 기록하기 위해 시작했던 블로그는 이제는 들여다볼 때마다 막 아물어 연한 딱지가 덮이기 시작한 상처를 다시 후벼 파내 기어이 선홍색 핏방울을 남기고야 마는 것처럼 도무지 괴로워 견딜 수 없는 무언가로 변해 있었다. 오랫동안 들여다보지 않던 블로그를 열고 영의는 한참을 망설인 끝에 결심한 듯 천천히 키보드 위에 손가락을 올려놓았다. 네모난 버튼이 덜거덕거리며 글자들을 뱉어내는 위로 바다가 금방이라도 넘실거릴 듯이 멈추어 있는 파도를 감싸안은 채로 남겨져 있었다.

"난 이곳에서 너를 반드시 다시 만날 거라는 느낌이 들어."

그렇게 말하면 마치 진짜가 되기라도 할 것처럼 영의가 몇 번이고 그것을 소리 내어 따라 읽었다.

*

그토록 가고 싶던 예고를 실기시험까지 다 치러놓고도 대신 그 지역에서 제일 취업이 잘 된다는 실업계학교로 뒤늦게 원서를 바꾸어 쓴 것은 갑자기 교통사고로 가족이 전부 죽고 결국에는 그간 있는 줄도 몰랐던 고모 집에 얹혀살게 되었기 때문이었다. 억지로 틈을 만들어 욱여넣은 짐처럼 어떻게 해도 서럽기만 한 눈칫밥을 먹으며 꼬박 삼 년을 버틴 끝에 영의는 취업이 확정되자마자 그길로 뒤도 돌아보지 않고 그곳을 나와 다시는 돌아가지 않았다.

입시 철만 되면 심란해지는 마음을 다독이며 억지로 출근 버스에 오르기를 또 삼 년을 빠짐없이 꽉 채운 끝에야 영의는 그나마 장학금이 제일 많이 나온다는 곳을 찾고 찾아 원서를 낼 용기를 가질 수 있었다. 원하던 미대는 끝내 가지 못했지만 대학생이 되었다는 것만으로도 영의는 꿈을 꾸는 듯했다. 초등학교에 처음 들어가는 아이처럼 이것저것 필요한 것을 사는 얼굴이 몇 년 만에 처음으로 제 나이답게 한껏 풀어져 있었다. 물론 그간 모아놓았던 돈은 눈 깜짝할 사이에 줄어들고 학비와 생활비를 감당하느라 그 감상은 입학식 단 몇 시간 만에 흔적도 없이 사라져버리긴 했지만.

아르바이트 세 개도 모자라 근로장학생으로 교내 도서관에서 일하느라 영의는 한 학기가 다 지나가도록 같은 과에 누가 있는지도 알지 못했다. 이제 막 고등학교를 졸업한 푸릇푸릇한 청춘과 어울리기에는 영의가 지불해야 할 값은 언제나 영의가 가진 것보다 비싸기만 했다.

천주를 처음으로 마주친 것은 시험 기간에 무료로 나누어 주는 간식을 받기 위해 과 사무실에 갔던 날의 일이었다. 어떻게 해도 생활비는 늘 모자라고 아르바이트 월급날까지는 아직도 한참 남아 하숙집에서 나오는 맨밥만 일주일째 먹고 있던 차였다. 공짜 음식을 받을 수 있다는 기대는 학생회비를 낸 사람만 받아 가는 것이라는 것을 알고는 여지없이 무너져 내렸다. 이름과 학번이 빼곡히 적힌 몇 장의 종이를 가만히 내려다보다 씁쓸하게 돌아서는 영의 앞에 누군가 샌드위치와 커피를 내밀었다. 불빛 아래로 늘어져 있는 그림자는 영의의 것을 완전히 덮어버리고도 한참이 남을 만큼 긴 것이었다.

"이거 가져가. 난 애들 거 뺏어 먹으면 되거든."

"근데, 왜 반말?"

전혀 예상치 못한 반응이라는 듯 눈앞의 남자애가 아몬드 모양의 눈이 완전히 사라지도록 활짝 웃어 보였다. 영의는 그렇게 싱그럽게 웃는 사람은 태어나 처음 보았다. 천주는 반짝이는 여름 그 자체였다.

"한영의 맞지? 우리 친군데. 너랑 나랑 동갑이라고."

"……너도 여기 과야?"

"응. 한 사 년 전부터? 맞다, 우리 같이 전공수업도 듣는데. 그건 알아?"

영의는 대답 대신 발자국이 가득한 벽을 슬쩍 곁눈질하며 옆으로 조금 떨어져 섰다. 그래도 어떻게든 둘의 그림자가 겹쳐 한 사람의 것처럼 보였다.

"섭섭한데? 암튼 나 그거 재수강이라 저번 시험문제도 외우고 있거든. 필요하면 과방으로 와. 평소에는 웬만하면 거기서 죽치고 있으니까."

군이 제 손을 잡아당겨 샌드위치를 쥐여주고선 아무렇지도 않게 걸어가는 천주를 영의는 가만히 돌아보았다. 남들보다 머리 하나가 우뚝 솟아 있는 뒷모습이 금세 누군가에게 둘러싸여 와자지껄하게 계단 아래로 사라졌다. 별 이상한 사람을 다 보겠다는 듯 불안하게 입술 끝을 조금 잘근거리던 영의가 휴지통 앞까지 성큼 걸어갔다가 이내 다시 마음을 바꿔 그것들을 가방 안 깊숙이 밀어 넣었다.

도서관에서 일하고 있는 영의의 얼굴은 며칠 밤낮을 고스란히 샌 덕에 핏기라고는 없이 하얗게 질려 있었다. 시험기간이라 빈자리를 찾을 수 없이 검은 머리통들이 빽빽이 들어찬 위로 수많은 입김이 만들어낸 후텁지근한 공기가 어디로도 빠져나가지 못하고 답답하게 같은 자리를 맴돌았다. 데스크 아래로 두꺼운 전공책을 펴놓은 채 영의는 이따금 고개를 들어 간간이 누가 책을 들고 그 앞에 서서 기다리지는 않는지 확인했다. 남들처럼 생활비 걱정 없이 아르바이트에 시간을 뺏기지 않고 공부만 할 수 있는 것은 지금 영의에게는 꿈에서조차 한 번을 그래본 적이 없는 엄청난 사치였다.

"대출이요."

고개도 들지 않은 채로 영의가 이제는 손에 익은 바코드기를 기계처럼 집어 올려 책 위로 가져다 댔다.

"네, 됐어요. 다음 주 수요일까지 반납하시면 돼요."

"대출이요."

"18일까지 반납해주세요."

"대출이요."

몇 번이나 이어지는 목소리가 어딘가 이상하다고 생각할 때쯤 공기 방울이 톡 하고 터지듯 작게 터뜨리는 웃음소리가 정수리 위로 가볍게 떨어졌다. 영의는 그제야 천천히 위를 올려다보았다. 천주가 마치 반가운 사람을 본 듯 밝게 웃으며 한 무더기로 골라 온 책을 한 권씩 내밀고 있었다.

"한꺼번에 하면 더 빨리 될 거라고는 생각 안 해봤어?"

"내 맘이야."

얄밉게 웃던 천주가 곧 진지한 얼굴이 되어 영의에게로 몸을 기울였다.

"과방에는 왜 안 왔어? 맨날 기다렸는데."

그 말뜻을 곱씹듯 잠시 천주를 쳐다보다가 영의는 아예 그 앞에 쌓인 책을 가져와 재빠르게 바코드를 찍어 넘기기 시작했다.

"그럴 시간 없어. 마음도 없고. 놀고 싶은 거면 다른 사람 찾아봐. 괜한 사람 들쑤시지 말고."

대출 처리를 한 책더미를 일부러 소리 나게 천주 앞에 내려 놓고서 영의는 그 얼굴은 쳐다보지도 않고 다시 자리에 앉아 보고 있던 책으로 돌아갔다. 새까만 글씨 위로 내리긋는 형광펜 소리가 어쩐지 유난히 신경질적으로 들리는 것도 같았다. 그런 영의를 묘한 얼굴로 내려다보던 천주가 책 몇 권을 들어 다시 영의 앞에 내려놓았다.

"김소환 교수님은 수업보다 학회 출석을 더 중요하게 생각해서 학회 나오는 애들한테만 가끔 회식 자리에서 취한 척 시험 정보를 흘려. 그리고 강주영 교수님은 요즘도 자기가 쓴 책 가지고 수업하지? 완전 쓰레기니까 볼 필요도 없어. 그거 말고 이 세 권만 제대로 봐도 B는 나올 거야. 그리고 이거는 내가 작년에 봤던 문제랑 답 적은 거야. 똑같이 나올 거란 보장은 없으니까 대충 참고만 해. 이거 믿고 공부 안 했다가 나한테 뭐라고 하지 말고."

"……이걸 왜 나한테 주는데?"

"너 과에 친구 하나도 없지? 너희 학번 애들한테 물어보니까 너 제대로 안다는 애가 아무도 없던데. 대학도 사회야. 정보도 자기들끼리만 돌고 돌린다고. 그럼 넌 계속 아무것도 모를 텐데, 그건 좀 불공평하잖아. 놀 시간도 없이 열심히 사는 게 잘 못도 아니고."

"진짜 그게 다야?"

어쩐지 이상한 기분이 들었다. 자신도 모르게 대답을 기대하게 되는 눈으로 영의는 제 시선을 피하지 않고 마주 보고 선 천주의 눈동자를 오래도록 들여다보았다. 그러나 무얼 기대하든 결국에는 늘 그랬듯이 한 번도 제대로 이루어지는 법 없이 실망만 하게 될 것이 뻔했기에 영의는 이번에도 마음이 위험할 정도로 더 풀어지기 전에 억지로 제자리로 되돌려놓았다. 잠깐이나마 조금은 진짜로 설렜던 자신을 속으로 잔뜩 욕하면서.

이제 영의는 평소와 조금도 다를 것 없이 표정을 지워버린 얼굴로 천주를 노려보듯 올려다보았다. 마치 그런 영의의 마음을 들여다보기라도 한 것처럼 천주가 씩 웃으며 여태 구겨져 있는 줄도 몰랐던 눈썹을 조심스럽게 손가락으로 눌러 펴 주었다.

"알면서 뭘 물어. 내가 지금 너한테 작업 거는 거잖아."

*

축축이 젖은 얼굴로 깨어난 영의가 힘없이 낯선 천장을 올려다보았다. 그러고는 땀과 눈물이 한데 뒤섞여 범벅이 된 볼을 아무렇게나 훔쳐 내리면서 습관처럼 빈 옆자리를 향해 돌아누워 몸을 동그랗게 말았다. 그렇게 시간이 지났는데도 몸은 여전히 천주와 함께 있던 때를 기억하고 있었다. 이유 모를 악몽을 꾸고 깨어날 때마다 천주는 아무 말도 하지 않고 그저 따뜻하게 영의를 안아주곤 했다. 다 괜찮다고, 걱정할 것 없다고. 마치 그렇게 말하는 듯이 등허리를 천천히 쓰다듬는 그 손길이 아직도 살갗 위로 생생하게 느껴졌다. 그런데 어떻게 천주가 죽었을 수가 있어.

천주를 아끼고 잘 안다고 자부하던 사람들은 정작 일이 벌어지자 너무 쉽게 천주를 포기해버렸다. 그러고는 영의에게 그만 천주를 놓아주라고, 이만하면 됐다고 속 편한 소리만 늘어놓았다. 아니. 그들은 아무것도 모른다. 천주와 내가 어떻게 이어져 있는지. 우리가 어떻게 서로를 이해하고 느끼는지를. 만약 천주가 죽었다면 세상에서 제일 먼저 영의가 그것을 알았을 것이었다.

"네가 살아 있는 거 알아. 내가 반드시 널 찾아낼게."

영의가 아직도 머리 위로 무겁게 내려앉아 있는 어둠 속을 노려보며 작게 혼잣말을 내뱉었다. 곧 밀려온 파도 소리가 아무도 그것을 듣지 못하게 서둘러 덮어버리고는 다시는 돌아오지 않을 것처럼 저 먼 곳 어딘가로 하염없이 밀려났다.

"아, 동민이네 아버지 만나셨구나. 맨날 아침저녁으로 여기 한 바퀴씩 순찰 돌거든요, 그 아저씨가. 그래도 갑자기 좀 별나져서 그렇지 이상한 사람은 아니에요. 그게 다……."

언제 그렇게 자랐는지 이번에 고등학교에 들어가는 그 집 둘째 아들이 아직 양 볼에 뽀얀 젖살이 가득했을 무렵에 생긴 일 때문이라고 운을 떼던 앳된 얼굴이 별안간 눈치를 보듯 슬며시 입을 틀어막았다.

엄마도, 복덕방 이모도 서울 언니한테는 아무 말도 하지 말랬는데.

형형색색으로 칠한 손톱 사이로 컬이 잘 말려 들어간 머리카락이 단단히 감겨 들어가며 커다란 눈이 불안하게 흔들렸다. 그러나 반쯤 밀어 열어둔 창문 사이로 흘러드는 바람에 얼굴을 맡긴 채 쏜살같이 지나치는 풍경을 멍하니 바라보고 있던 영의는 자신이 무슨 말을 했건 조금도 신경 쓰지 않는 눈치였다.

혹시 못 들었나. 그럼 다행이고.

불안하게 오므렸던 입술이 다시금 크게 벌어지며 그 사이로 사탕이 녹아 사라진 자리에 대신 푸르스름하게 자국이 남은 혀를 언뜻 내비쳤다.

"아무튼 근데 그 똥차 그건 어떻게 아직도 굴러다니나 몰라. 울 엄마가 그러는데 그게 벌써 이십 년은 더 된 거래요. 대박이죠. 어릴 땐 학교 갈 때마다 몇 번 얻어 탄 적도 있었는데. 언니는 트럭 같은 거 타봤어요?"

표지판도, 이정표도, 무엇도 없는 도로 어딘가에 한 번씩 무언의 약속을 한 듯 멈추어 서서 승객들을 실어 나르는 아담한 마을버스 뒷자리가 쉴 새 없이 재잘거리는 누군가의 목소리로 흥건하게 소란스러웠다. 어느샌가 영의의 옆에 철썩 들러붙어 앉아 묻지도 않는 말을 술술 꺼내놓는 것은 마을 입구에서 슈퍼를 하는 딸부잣집 막내 장혜였다. 마침 자기도 미용학원에 가는 길이라며 마을에서 하나뿐인 정류장에서 마주쳤을 때부터 몇 년은 못 본 사람처럼 반갑게 말을 걸더니 장혜는 곧 시내로 들어가는 한 시간 내내 혼자서 지치지도 않고 이야기를 늘어놓았다. 옆에서 들려오는 높고 낮은 목소리들을 바람결에 아무렇게나 실려 보내면서 영의는 그래도 덕분에 그간 한없이 가라앉았던 기분이 제법 나아지는 것도 같았다.

끝없이 이어진 구불구불한 시골길을 한참을 달린 끝에야 버스는 저마다 보자기로 꽁꽁 동여맨 보따리들을 한가득 이고 지고 내리는 할머니들을 차례대로 잘 포장된 인도 위에 내려주었다. 버스 안을 가득 채웠던 사람들을 모두 앞세우고 나서 마지막으로 버스에서 내리던 영의의 시선이 기다렸다는 듯 들려오는 클랙슨 소리를 따라 슬며시 돌아갔다. 조금 떨어진 곳에 세워진 승용차 옆에서 재형이 환하게 웃으며 손을 살짝 흔들어 보였다. 호기심에 안 그래도 큰 눈이 금방이라도 튀어나올 것처럼 커다래져서는 이쪽을 연신 흘금거리는 장혜의 시선을 모르는 척하며 영의는 천천히 그 앞으로 걸어갔다.

시내에 거의 유일하다시피 한 어느 프랜차이즈 카페 안에서 재형은 마주 보고 앉은 영의의 앞으로 미리 시켜놓은 커다란 음료 잔을 부드럽게 밀어주었다.

"그새 조금 마르셨네요. 일이 많이 바빴나 봐요."

"그러게요. 영의 씨가 없어서 더 그랬나. 아, 아니 그렇다고 부담 가지라고 한 말은 절대 아니구요. 그게 그러니까."

어딘가 정신없이 허둥거리다 이내 제풀에 얼굴이 빨개지고 마는 재형을 영의는 말없이 가만히 건너다보았다. 멋쩍게 머리를 긁적이던 재형이 보일 듯 말 듯 영의의 입가에 걸려 있는 미소를 따라 쑥스러운 듯 웃어 보였다.

재형은 일부러 그쪽에서 곤란한 일을 부탁하듯 매번 먼저 연락을 해와 프리랜서 일을 시작한 영의에게 일이 끊어지지 않도록 알게 모르게 도와주곤 하는 옛 직장 선배 윤진을 통해 알게 된 사이였다. 이제는 어엿한 회사 대표이기도 한 윤진이 가장 아끼는 대학 동기인 재형은 윤진과 함께 일하게 된 지난 몇 년 사이 어느새 윤진보다도 더 영의를 자주 보는 사람이 되었고, 늘 적정한 선을 지키면서도 다정한 재형은 함께 일하기에 결코 나쁜 유형은 아니었다. 그러나 애정에 목말라 하는 강아지처럼 언제나 자신을 향해 있는 그 시선에 공적인 관계 그이상으로 더해진 무언가가 점점 스스로 양분을 먹고 자라나는 것을 알아차리지 못할 만큼 영의가 더는 순진하지만은 않은 것이 문제였다.

윤진의 집에 맡기고 간 짐이 이제는 필요할 때도 되었다며 재형 편으로 보냈다는 연락을 받았을 때, 영의는 마침내 윤진 역시 처음 글자를 배우는 아이처럼 저돌적이고도 맹목적인 재형의 호감을 더는 못 본 척 넘겨버리지 않으리라는 사실을 알아차렸다. 그리고 윤진이 이 기회에 자신이 친동생처럼 생각하는 재형을 영의와 이어주려고 아주 열심이라는 것도.

"본가가 이쪽이라 이참에 부모님한테도 들러서 못다 한 효도도 좀 하고 오라고 사장님이 특별히 휴가도 주신 거 아세요? 이게 도대체 얼마 만에 쉬는 건지. 차 가지고 내려온 김에 드라이브도 하고 맛있는 것도 좀 먹고 그러고 올라갈까 하는데, 혹시 이 근처 갈만한 데 아는 데 있어요? 시간 되면 영의 씨가 가이드라도 해주시면 더 좋구요."

그렇게 말하는 재형의 얼굴이 미처 숨기지 못한 기대감으로 한껏 달아올라 있었다. 영의는 잔을 감싸 쥔 손가락에 조금 더 힘을 주며 텅 비어버린 동그란 밑바닥에서 떼지 않고 있던 시선을 천천히 들어 올렸다.

"부모님이 재형 씨 오기만 기다리고 계실 것 같은데요. 오랜만에 뵙는다면서요. 다른 데로 새지 말고 곧장 집으로 가셔야죠. 그리고 앞으로는 굳이 여기까지 직접 오지 않으셔도 돼요. 선배한테는 제가 잘 말할게요."

서운함으로 살짝 굳어진 얼굴을 이내 멋쩍은 웃음으로 어설프게 가리는 재형을 보며 영의는 재형은 분명 좋은 사람일 거라고 다시금 생각했다. 사실 천주와의 지난한 연애사를 옆에서 내내 지켜보아 익히 알고 있는 윤진이 특별히 고르고 골라 들이민 사람이니 이것저것 따지고 생각할 필요도 없는 것이었다. 그러나 영의는 그런 재형에게 이제는 조금은 불편하기까지 한 미안한 감정 말고는 그 어떤 것도 느낄 수가 없었다.

재형의 승용차가 고속도로를 향해 꺾여 있는 도로 끝까지 미끄러져 사라지는 것을 지켜본 다음에야 영의는 다시 한참을 걸어 제법 사람이 북적거리는 정류장에 다가가 섰다. 혹시 모를 여지를 주지 않으려고 내내 신경을 쓰고 있었던 탓에 긴장이 풀어지고 나자 조금 피곤하기까지 했다. 딱딱하게 굳은 목덜미를 주무르다가 영의는 누군가 자신을 쳐다보고 있다는 느낌에 재빨리 고개를 두리번거렸다. 주변을 둘러봐도 바쁘게 오가는 차와 사람 말고는 별다를 것은 없어 보였다. 단지 얼마 떨어진 곳에 그곳에 어울리지 않는 빨간 스포츠카 한 대가 서 있다는 것 정도가 영의의 시선을 잠시 잡아끌 뿐이었다. 창문을 활짝 열어둔 채로 운전석에 앉아 있는 것은 선글라스로 얼굴을 덮다시피 한 여자였다. 어쩐지 그 속에 감추어진 눈동자가 자신을 향해 있는 것도 같다고, 영의는 이상한 기분이 되어 생각했다. 한동안 두 사람의 눈이 마주치고 영의의 목 안이 기분 나쁜 불쾌함으로 텁텁하게 마르기 시작할 때쯤, 짙게 선팅한 창문을 끝까지 걸어 잠그고서 스포츠카는 쌩하니 사라져버렸다.

분명 나를 보고 있었어.

하지만 그 이유는 좀처럼 떠오르지 않았다. 왠지 모를 찝찝함을 털어버리려는 듯이 고개를 조금 흔들고서 영의는 다시 언제 나타날지 기약 없는 마을버스를 기다리며 반대쪽 도로를 향해 고개를 한껏 내밀었다.

아직 날이 채 밝지 않은 까닭인지 이마로 들이닥치는 바람이 제법 쌀쌀했다. 그러나 며칠 내내 아침이면 어디서부터 흘러드는 것일지 모를 짙은 안개가 보이는 모든 것을 그 안으로 감추어버린 것과는 달리 오늘은 건너편 등대의 불빛이 선명하게 보일 정도로 하늘이 맑았다. 방파제를 향해 걷는 영의의 얼굴에 자신도 모르게 미소가 아른거렸다 곧 희미해졌다.

불면증으로 괴로워하는 영의에게 의사는 늘 먹던 알약의 용량을 늘리는 대신 어디론가 새로운 곳으로 가서 지내보라는 말을 처방전처럼 써주었다. 그래서 온 이곳이 어느새 제법 익숙해지기는 했지만 뜬눈으로 밤을 지새우는 나날은 여전했다. 바로 앞에 바다가 있어 언제든 걸어갈 수 있다는 것이 그나마 숨통을 틔워주는 것이 다행이었다.

아무것도 정해진 것은 없이 그저 방파제 위를 걷고 또 걷던 영의가 불현듯 멈추어 섰다. 저 끝에 누군가 앉아 있었다. 아이처럼 흔드는 발을 따라 길게 늘어진 그림자가 이리저리 춤을 추듯 흔들렸다. 그게 누구인지 영의는 꿈에서도 그 그림자조차 단번에 찾아낼 수 있을 것이었다. 천주. 언제고 주저 없이 떠올릴 수 있는 그 얼굴이 지금 제 앞에 나타나 있었다.

　"……천……주야?"

　울음을 토해내듯 내뱉은 영의의 혼잣말을 듣기라도 한 것처럼 바닷물에 비쳐 어른거리던 얼굴이 영의를 향해 천천히 고개를 돌렸다. 눈앞에 있는 것은 그토록 그리워했던 천주였다. 천주가 겨울 바다처럼 차가우면서도 잔잔한 미소로 영의를 향해 웃고 있었다. 그 앞으로 달려가 영의는 무너지듯 천주를 세게 껴안았다.

　"천주야. 천주 맞지? 그렇지? 너 진짜로 살아 있었던 거지?"

　쏟아져 내리는 눈물이 높게 튀어 오르는 물방울과 뒤섞여 얼굴 위를 흩뿌렸다. 그런 영의의 눈물이 천주의 뺨에 닿자마자 마치 무언가가 물기를 빨아들이듯 순식간에 사라져버렸다. 그러나 기쁨과 흥분으로 그리고 마침내 얻은 안도로 미칠 지경인 영의의 눈에 이상한 점이라고는 조금도 들어오지 않았다.

　"맞아, 너는 그냥 잠깐 어디로 떠났다가 돌아온 거야. 난 알고 있었어. 네가 죽기는 왜 죽어. 이렇게 살아 있는데. 살아서

내 앞에 다시 나타났는데."

금방이라도 천주가 안개처럼 사라져버리기라도 할까 봐 두려운 것처럼 영의는 천주를 온몸으로 끌어안고 있으면서도 다시 한번 힘을 주어 감싸안았다.

"천주야. 이제 아무 데도 가지 마. 영원히 내 옆에 있어."

물기 하나 없는 마른 어깨에 얼굴을 묻고 흐느끼는 영의의 목소리가 점점 작아지다가 결국엔 그 끝을 알 수 없이 뭉개져버렸다. 그 말에 마치 세상에 태어나 처음으로 소리를 들은 것처럼 고요했던 천주의 눈에 알 수 없는 빛이 잠시 서렸다 가라앉았다. 그 안에 무엇이 있는지 알 수 없는 바다처럼 어둡고 깊은 눈으로 영의를 바라보던 천주가 손을 들어 영의의 허리를 부드럽게 그러나 힘주어 감쌌다.

"그래, 그렇게."

맹세하듯 낮게 읊조리는 소리가 한동안 그 자리 위를 맴돌다가 바람에 실려 어딘가로 사라졌다.

물어보고 싶은 것이 너무나 많았다. 그러나 단 한 가지도 제대로 물어볼 수 없었다. 혹시라도 이게 꿈인 걸까 봐. 그리고 천주가 그걸 알아차리는 순간 영영 사라져 다시는 돌아오지 않게 되어버릴까 봐 영의는 두려웠다. 그저 불도 켜지 않은 좁다란 방에 천주와 마주 보고 누워 영의는 그토록 그리워했던 얼굴을 쓰다듬고 또 쓰다듬었다.

천주야.

응.

천주야.

응.

천주야, 내 이름 불러봐.

영의야.

응, 나 여기있어. 천주야.

내내 깍지를 풀지 않은 손에 땀이 가득 들어차고 코가 맞닿을 정도로 가깝게 붙은 뺨 위로 누구의 것일지 모를 더운 숨이 규칙적으로 스쳐 지나갔다. 눈물이 나올 것만 같아서 영의는 얼른 눈을 감고 천주의 얼굴에 고개를 파묻었다.

예전에는 너무 행복해서 운다는 말은 다 거짓말이라고 생각했다. 자신의 인생에는 고통스러워서 금방이라도 죽을 것 같아 꺽꺽대며 숨을 몰아쉬는 대신 토해내는 울음이 전부였으니까. 그런데 지금 영의는 처음으로 그 말을 이해할 수 있을 것도 같았다. 마침내 천주를 되찾아서 영의는 행복했다. 그런데 동시에 너무 행복해서 자신을 시기한 누군가가 금방이라도 이것을 빼앗아 갈까 봐 죽을 만큼 불안했다. 또 한 번 천주를 잃는다면 영의는 더는 살아갈 수 없을 것이었다.

누구든 나한테서 너를 뺏어 가면 절대로 용서하지 않을 거야.

짙은 머리카락에 엉키듯 가려진 얼굴이 더욱더 깊숙이 천주의 목덜미를 파고들었다. 어디에 있든 단박에 알아차릴 수 있을 천주의 냄새에 울컥 눈물이 터지며 영의는 결국 숨죽여 울고야 말았다. 그 위로 괜찮다고 위로하듯 영의의 등을 천천히 쓰다듬는 천주의 손길이 자장가처럼 내려앉았다. 마치 그동안의 일은 아무것도 일어나지 않았던 것처럼. 언제나 그래왔던 것처럼 둘은 너무나도 자연스럽게 하나로 포개져 어둠 속에 잠겨들었다.

자신도 모르게 설핏 잠이 들었던 모양이었다. 한껏 젖혀진 커튼 사이로 햇살이 한가득 쏟아져 들어와 눈꺼풀 위를 따갑게 찔러댔다. 한 번도 깨지 않고 이렇게 길게 잠들었던지가 언제였는지 선뜻 기억도 나지 않을 정도로 까마득했다. 슬며시 미소를 지으며 옆자리를 쓰다듬던 영의의 얼굴이 대번에 두려움으로 일그러졌다. 마치 늘 그랬던 것처럼 텅 비어 있는 이불 위가 온기라고는 없이 싸늘하기만 했다. 영의가 몸을 벌떡 일으켜 앉았다.

"천주야?"

그러나 대답 없는 방 안에는 위태롭게 떨리는 영의의 목소리만이 갈 곳을 잃고 주춤거리고 있을 뿐이었다.

아니야, 그럴 리가 없어. 안 돼……. 제발…….

일그러진 얼굴 위로 말로는 그려낼 수 없는 고통이 핏줄처럼 번져나가고 눈물방울이 땀이 말라붙은 볼 위로 쉴 새 없이 흘러내렸다. 어디서부터 잘못된 것인지 영의는 할 수만 있다면 머릿속을 뒤엎고 수만 개로 조각내 하나하나 그 안을 들여다보아서라도 알아야만 했다. 혹시 처음부터 모든 게 꿈이었던 건 아닐까. 그러기엔 제 손으로 어루만지고 움켜쥐었던 그모든 것들이 지나칠 정도로 생생했다. 그때 방문이 열리고 천주가 무언가를 들고 천천히 걸어 들어왔다. 곧 영의의 앞에 조심스레 놓인 작은 상 위로 갓 만들어낸 음식이 뿜어내는 열기가 차게 식은 뺨 위까지 무겁게 흘러와 닿았다.

"냉장고에 먹을 게 하나도 없더라. 일단은 대충 있는 걸로 차렸어. 나 없어도 끼니는 꼬박꼬박 챙겨 먹으라니까. 하여간 한영의, 남자 친구 말도 이렇게 안 들으면 도대체 누구 말을 듣는 거야?"

그 앞으로 숟가락을 놔주던 천주가 그제야 멍하니 자신을 좇고 있는 영의의 시선을 알아차린 듯 멈추어 섰다. 그러고는 영의의 젖은 볼을 가만히 바라보았다. 그 고요한 얼굴은 그렇게 오래 천주의 곁에 있었음에도 처음 보는 낯선 것이었다. 영의는 자신도 모르게 흠칫 놀라 몸을 조금 떨었다.

"왜 울었어?"

"어? 어……. 아니…… 좋아서. 너무 좋아서 나도 모르게 눈물이 났네."

아무렇지 않게 눈물을 닦아내려는 영의의 손을 잡고 천주는 대신 영의의 볼을 부드럽게 닦아주었다. 손가락이 지나친 자리마다 놀랄 만큼 서늘한 감촉이 자국처럼 남아 있었다.

원래 천주가 이렇게 손이 차가웠었나. 조금 의아해진 것도 잠시 다시 온기가 돌기 시작한 볼이 긴장을 풀며 제멋대로 움찔거렸다. 감쪽같이 마른 얼굴을 내려다보며 천주도 그제야 다시 아무 일도 없었다는 듯 따스하게 웃어 보였다.

"밥 먹고 같이 먹을 거 사러 가자. 보니까 국자도 없고 없는 게 많더라. 나간 김에 필요한 것도 다 사고 그러자. 알았지?"

"……응. 그러자."

영의는 천주를 따라 천천히 고개를 끄덕였다. 내려다본 상 위로 대학 시절 천주가 자취방에서 자주 해주었던 볶음밥이 놓여 있었다. 따로 풀어 부친 노란 계란을 그 위에 동그랗고 예쁘게 올려놓은 모양으로.

진짜 돌아왔어.

또다시 눈물이 쏟아질 것 같아 영의는 얼른 한술 크게 떠 입안에 퍼넣었다. 그때와 조금도 달라지지 않은 볶음밥 맛에 여러 가지 감정이 휘몰아치며 목이 메어와 결국에는 허겁지겁 물을 들이켜며 눈물도 함께 힘겹게 삼켜야 했다. 때문에 영의는 그런 자신을 보는 천주의 눈꼬리가 언제부턴가 볼 수 없었던 옛날 모습 그대로 예쁘게 접혀 있던 것은 보지 못했다.

"무슨 일 있는 건 아니지? 요즘 통 안 보인다 싶더니만 그새 얼굴이 더 안 좋아졌네. 뭔데 그렇게 젊은 사람이 아주 오늘내 일할 것처럼 죽상을 해가지고 다녀. 뭐, 도시에 있는 애인이 바 람이라도 났어?"

한 아름 골라 가지고 온 물건들을 봉투에 넣어주며 슈퍼 주 인이 영의에게 말을 붙여왔다. 영의는 미소를 지어 보이려고 했지만 마음과 달리 자꾸만 어색하게 일그러지는 얼굴까지는 어쩔 수 없는 모양이었다.

"아니요. 괜찮아요. 고맙습니다."

얼른 봉지를 받아 들고 슈퍼를 나와 집이 있는 골목을 따라 언덕을 올라가는 동안 영의는 누군가 쫓아오지는 않는지 몇 번이나 멈추어 서서 뒤를 돌아보았다.

지난 며칠간 영의는 음식이 다 떨어져 사러 갈 때를 빼고는 집 밖을 나오지 않았다. 방 안은 낮에도 항상 커튼을 쳐두어서 불을 켜놓아도 어두컴컴했다. 그래도 영의는 항상 누군가 어 디서 그들을 지켜보고 있지는 않는지 불안해 미칠 지경이었 다. 갖은 이유를 들어 천주는 마당에도 나가지 못하게 막았다. 다행히 천주는 영의만 옆에 있다면 아무것도 상관하지 않는 것처럼 보였다.

주방에 짐들을 내려놓고 영의는 닫힌 방 안으로 들어가려다 말고 문고리를 잡은 손에 쉽사리 힘을 주지 못하고 머뭇거렸

다. 생각하지 않으려고 해도 자꾸만 천주가 돌아오고 난 다음
날의 일이 계속 머릿속을 맴돌았다.

깨끗하게 비운 그릇들 위로 물줄기가 쏟아져 내리며 요란한
소리를 피어냈다. 설거지를 하는 천주의 등에 찰싹 붙어 이리
저리 오르내리는 영의 얼굴 가득 행복한 웃음이 비어져 나
왔다. 그러나 그 미소는 얼마 가지 못하고 곧 차분하게 가라앉
았다.

천주는 그동안 어디에 있었던 것일까. 그리고 왜 이제야 나
타난 것일까.

그게 무엇이든 지난 이 년간 영의 앞에 나타날 수 없었을 만
큼 난처한 일임은 분명했다. 물어봐야 하는 것을 알면서도 영
의는 어쩐지 자꾸만 입이 떨어지질 않았다.

천주도 다 사정이 있었을 거야. 나한테도 말하지 않고 사라
져버려야 했던 사정이.

며칠만이라도, 아니 단 몇 시간만이라도 이대로 아무것도
변하지 않고 멈춰 있었으면 하는 마음이 자꾸만 천주가 먼저
말해주기를 기다리자는 비겁한 핑계를 만들어냈다. 하지만 천
주가 다시 돌아온 이상 이제 모든 것은 괜찮아질 것이었다. 일
단 같이 경찰에 가서 실종 신고부터 해결하고, 그러고 나면 천
주가 죽었다고 떠들고 다니던 사람들에게 보란 듯이 말해줄

터였다. 언제나 그랬던 것처럼 영의의 곁에는 천주가 있고, 이제 다시는 끼워 맞출 수도 없이 엉망으로 흩으려졌던 일상도 감쪽같이 제자리로 돌아올 거라고. 그리고 우리는 지난 몇 년간 그랬듯이 앞으로도 늘 행복할 거라고.

끝없이 이어지던 생각을 단숨에 흩뜨려버린 것은 물소리를 뚫고 귀에 꽂히는 진동 소리였다. 귀에 거슬리는 그 울음이 징그럽게도 끊어지지 않고 이어지며 자꾸만 영의의 신경을 잡아끌었다.

"잠깐만."

하는 수 없이 영의는 천주의 허리를 감았던 팔을 풀고 방으로 들어갔다. 물소리를 피해 문을 닫자 방 안을 가득 메운 진동음이 한층 더 사납게 울부짖는 것이 느껴졌다.

화면 위로 뜬 것은 모르는 번호였다. 잠시 눈썹을 구부러뜨리며 휴대전화를 집어 든 영의가 조심스럽게 버튼을 눌러 귀에 가져다 댔다. 천주가 사라진 이후로 영의는 사비로 전단지를 만들어 전국 어디든 가리지 않고 찾아다니며 돌리기까지 했었다. 그중 쓸 만한 것이라고는 없이 사례금을 노리고 걸려오는 장난 전화가 대부분이었지만 불과 얼마 전까지도 영의는 진동 비슷한 소리만 들어도 벌떡 일어나 전화부터 찾을 정도였다. 다행히 대뜸 거 소정의 사례금이라는 게 정확하게 어느 정도요, 하고 묻는 불쾌한 목소리는 들려오지 않았다. 대신 조금 주저하는 듯 느리게 침을 삼키는 남자의 목소리가 어쩐지 귀에 익은 것도 같았다.

"누나, 저 원진인데요."

"누구……요?"

"원진이요, 전원진. 왜, 학교 다닐 때 우리 수업 꽤 겹쳤었는데. 전공수업 조별 과제도 같이하고."

"아……."

그제야 늘 시끄럽게 웃고 다니던 까무잡잡한 얼굴 하나가 떠올랐다. 다시 떠올리고 싶을 만큼 좋은 기억은 아니었다. 발표를 맡은 원진이 전날 퍼마신 술로 수업이 다 끝날 때까지 나타나지 않은 바람에 과제를 완전히 망쳐버리고 나서 영의는 그런 원진에게 과 사람들이 두고두고 입에 올릴 만한 욕을 퍼부어댔었다. 성적 하나만 삐끗해도 장학금이 아슬했던 터라 그때는 원진이 마치 나라의 원수라도 되는 것처럼 그렇게 미워 보일 수가 없었다. 아마 진짜로 장학금을 받지 못했더라면 둘은 더 심한 사이가 되었을지도 모르는 일이었다. 천주가 좋아하는 후배라서 그 앞에서는 내색하지 않았지만 그 후로도 영의는 원진을 결코 좋게 볼 수가 없었다. 그런데 그런 전원진이 갑자기 왜.

"암튼 그게 중요한 게 아니고. 누나 혹시 알고 있었어요?"

"뭘?"

"천주 형이 누나 앞으로 사망보험금 들어놓은 거요! 그것도 십오억짜리로."

영의는 이름도 한번 들어본 적 없는 어느 지방의 저수지에서 천주의 차가 발견되었다는 소식을 들었을 때도 그렇게 놀라지는 않았다. 워낙 학교 다닐 때부터 아는 선후배며, 친구가 많았던 탓에 거절을 하지 못해 적지 않은 손해를 보았던 적도 여러 번이었음도 알고 있었다. 그러나 결혼을 약속하고부터는 천주도 조금씩 불필요한 사람과의 일들을 끊어내기 시작했고, 직장 때문에 떨어지게 된 이후에도 주말이나 휴일에는 여전히 거의 붙어 살다시피 했으니 서로에 대해 모르는 건 아무것도 없다고 생각했었다. 적어도 천주가 자신에게 거짓말을 하고 있던 것이 아니었다면.

원진의 말로는 천주가 사라지기 일 년 전쯤 갑자기 자신을 찾아와 보험에 관해 물었다고 했다. 보통은 젊은 사람들은 사망보험은 잘 들지 않는데 천주는 그에 대해 자세하게 묻기에 조금 이상하다 싶었더니 나중에야 조만간 영의에게 프로포즈를 할 생각이라며, 그럼 혹시라도 자신에게 문제가 생기면 영의 혼자 남게 될 텐데 그게 늘 걱정이라고 하기에 그저 그러려니 하고 더는 얘기를 꺼내지 않았다고도 했다. 이제 와 생각해보니 그때 그렇게 말하는 얼굴이 조금은 지나칠 정도로 어두워 보였다고도.

둘의 연애사야 뭐 같은 과 사람들이라면 익히 알고 있을 정도이니 이상하다는 생각은 조금도 없었고, 솔직히 자기 실적을 올려주러 일부러 찾아온 것이 고맙기도 해서 원진은 평소보다 더 신경 써서 보험을 알아봐주었다. 서로 좋게 웃으며 마무리하고 그 뒤로도 종종 만나 술 한잔을 하면서 한동안은 아무런 문제가 없었다. 천주가 실종되었다는 소식을 듣고도 처음부터 보험 생각을 떠올리지 못했던 것은 그 때문이었다. 그도 그럴 것이 천주가, 어딜 가든 모르는 사람이 없이 항상 사람들에게 둘러싸여 있고 못 할 것이 없는 그 천하의 고천주가 설마 보험금 때문에 스스로 무슨 일을 저질렀다고는 그렇게 생각하는 자체로도 이미 천주에 대한 엄청난 모욕이었으니까.

그러나 저수지에서 천주의 차가 발견되고, 천주의 사건을 보는 경찰의 시선이 극단적인 선택 쪽으로 기울기 시작하면서부터는 원진도 이제는 문득 솟구쳐 오르는 의심을 매번 잠재우기가 힘들었다. 그 똑똑한 형이 설마 모르지 않았을 거라 생각하면서도, 또 인간은 궁지에 몰리면 평소에는 생각하지도 않았던 이상한 것에 꽂히기도 하는 법이라는 생각이 머릿속을 떠나지 않았다. 그리고 마침내 회사에서 보험금 지급에 대한 조사가 시작될 것이라는 말을 건너 듣고 나자 원진은 혹시 자신이 은연중에 내뱉었던 무언가가 천주에게 모종의 아이디어를 심어버린 것은 아닌가 하는 죄책감에마저 시달리게 되었던 것이었다.

"난 하나도 몰랐어. 천주가……. 천주는 나한테 한 번도 그런 얘길 한 적이 없었거든."

"……그때 형 전화를 받았어야 하는 건데. 진짜 천주 형이 처음으로 나한테 먼저 부탁했던 거였는데……."

"그게 무슨 말이야? 원진아. 천주가 사라지기 전에 너한테 무슨 말을 했어?"

"……다 나 때문이에요. 내가 형을 그렇게 되게 만들었나 봐요."

영의의 말은 듣고 있지도 않은 듯 울먹거리는 원진의 목소리만 수화기 너머로 가득 차올랐다. 어지럽게 흔들리는 그 소리에 영의의 가슴도 따라서 불안하게 자맥질하기 시작했다. 무언가 들어서는 안 될 것이 영의를 기다리고 있는 기분이었다. 영의는 가까스로 목소리를 쥐어짜내어 입을 열었다.

"그렇게 생각하지 마. 원진아. 어떻게 된 일인지는 다들 아직 모르는 거잖아. 천주는 꼭 돌아올 거야."

아니야. 더는 아무 일도 일어나지 않아. 이제 다 끝났어. 나도. 천주도. 우린 괜찮아.

영의는 여전히 물소리가 흘러들어오는 닫힌 문 너머를 바라보며 숨을 크게 들이마셨다.

"그래서 말인데. 있잖아, 사실은 지금 내……."

"아니요. 누나, 천주 형은 죽었어요."

아마 그렇게 말하는 얼굴은 몇 배는 더 비통했을 목소리로 원진이 마치 목구멍이 잔뜩 눌려 숨이 잘 쉬어지지 않는 듯이 힘겹게 말을 내뱉었다. 놀라 그대로 굳어버린 영의의 메마른 입술이 힘없이 떨어져 내렸다.

"경찰이 그러는데 피가…… 피가 범벅이었을 거래요. 물에 빠지기 전에요. 차 시트에 자국이 남아 있었대요. 그게 다 천주 형 거래요. 아, 진짜 우리 천주 형 불쌍해서 어떻게 해."

영의는 갑자기 서 있을 수도 없을 정도로 어지러웠다. 자신이 지금 무슨 말을 듣고 있는 것인지 이해가 되지 않았다. 별안간 귓가를 울리는 찌르르한 이명과 여전히 세차게 흐르는 물소리가 한데 섞여 듣기 싫은 비명을 내질렀다. 그리고 천주의 낮은 노랫소리가 그사이를 뚫고 희미하게 이어지고 있었다. 그 모든 게 순간 이상하고 기괴하게만 느껴져서 영의는 그만 눈을 질끈 감아버렸다.

"누나, 내 말 잘 들어요."

굳게 결심한 것처럼 원진이 울음을 삼킨 채 한 글자 한 글자 힘주어 내뱉었다. 영의는 듣고 싶지 않아 귀를 막고 싶었지만 어쩐지 손가락 하나 마음대로 움직일 수가 없었다. 그저 고통스러운 얼굴로 그 자리에 서 있는 수밖에 영의가 지금 할 수 있는 것이라고는 아무것도 없는 듯했다. 그리고 마침내 그토록 듣고 싶지 않았던 말을 들은 순간 영의는 지금껏 자신이 떠올렸던 모든 불길한 예감들이 마침내 현실이 되어 나타나 자신을 찾아내고 말았다는 것을 깨달았다.

"누가 천주 형을 죽였어요. 그리고 천주 형이 그런 것처럼 위장한 거예요."

디자인도 색도 볼 것 없이 대충 손에 잡히는 대로 골라 담은 남자 옷으로 배를 잔뜩 불린 검은 봉투가 숨이 찰 정도로 빠르게 휘젓는 걸음을 따라 이리저리 시끄러운 소리를 내며 흔들렸다. 깊게 눌러쓴 모자 아래로 한동안 주변을 수상쩍게 살피던 영의가 갑자기 골목으로 몸을 돌려 도망치듯 뛰어 올라갔다. 듣는 사람마저 숨이 가빠오는 뜀박질 소리가 사라지고 난 아래로 간발의 차를 두고 어디선가 뒤따라오던 검은 승용차 한 대가 잠시 그 앞에 멈추어 섰다가 다시 느리게 길을 지나쳐 사라졌다.

팔팔 끓는 주전자가 내는 쇳소리가 무언가 생각에 빠져 있던 영의를 다시 현실로 끌어당겨놓았다. 한숨을 내쉬며 불을 끄고 주전자를 집어 드는 얼굴이 녹진하게 달라붙은 피로로 어둡게 그늘져 있었다. 갑자기 어딘가 고장이 난 건지 나오지 않는 따뜻한 물 대신 영의는 김이 새어 나오는 주전자를 들고 화장실로 들어갔다. 찰박하게 담긴 물속에 앉아 어린아이처럼 물방울을 튕겨내던 천주가 영의를 올려다보며 해맑게 웃어 보였다.

다른 것은 그게 뭐든 아무것도 불평하지 않던 천주는 이상하게도 목욕만은 고집을 부렸다. 다행히 새것은 아니지만 좁아터진 화장실 안에도 욕조라고 할 만한 것이 있기는 해서 영의는 끓인 물이 너무 뜨겁지 않도록 찬물과 섞어 그 안에 가득 부어주었다. 할 말이 있지만 차마 입이 떨어지지 않아 영의는 그 옆에 무릎을 접고 앉아 한참을 애꿏은 물만 이리저리 휘저을 뿐이었다. 자신을 보고 있는 천주의 시선이 느껴졌지만 애써 그쪽으로는 얼굴도 돌리지 않고서 영의는 바가지 가득 퍼올린 물을 천주의 살갗 위로 조심스럽게 흘려보냈다.

"새 옷 사다 놨어. 이제 불편하게 내 옷 안 입어도 돼. 그리고…… 아니야. 일단 씻고 나와. 나와서 얘기하자."

부드럽게 천주의 어깨를 매만지며 일어나던 영의는 문득 느껴지는 묘한 기분에 자신의 손을 내려다보았다. 방금까지 물이 잔뜩 묻었던 손이 어느샌가 완전히 말라 있었다. 어찌 된 영문인지를 모르고 고개를 갸웃거리며 돌아서던 영의가 순간 다시 고개를 돌려 천주를 내려다보았다. 무심코 지나치던 시선이 어딘가로 다시 급하게 왔던 길을 돌아가며 이제야 천주의 말끔한 등이 눈에 들어왔다. 한껏 벌어진 영의의 입술이 파르르 떨리기 시작했다.

"왜 그래?"

천진난만하게 자신을 올려다보는 천주의 눈을 영의는 그 속에서 무언가를 찾아내기라도 하려는 것처럼 미친 듯이 훑어보았다. 그러나 그 안에 보이는 것이라고는 아무것도 들여다보이지 않는 깊은 어둠만이 전부였다.

"……아니야. 마저 씻고 나와."

비틀거리는 걸음을 들키지 않으려고 영의는 이를 악물며 돌아서서 똑바로 걸어갔다. 그러나 문을 닫고 나오자마자 몇 걸음 걷지 못하고 이내 무너지듯 주저앉아버렸다.

천주가…… 천주가 아니다.

그럼 지금 눈앞에 있는 저 사람은 도대체 누구일까. 그리고 진짜 천주는 지금 어디에 있을까. 금방이라도 쓰러져버릴 것 같아 눈을 질끈 감고 벽에 기대는 영의의 입술 사이로 무거운 숨이 힘겹게 흘러나오다가 곧 공기 중으로 흔적도 없이 사라져버렸다.

천주는 스물여섯 번째 생일을 부러진 팔과 다리에 하나씩 나란히 깁스를 한 채로 대학병원 육인실 침대 위에서 맞았다. 그때만큼은 병문안만 왔다 하면 왁자지껄 정신이 없어 간호사들에게 쫓겨나기 일쑤였던 친구들은 하나도 부르지 않고 오직 영의와 둘이서 작은 케이크에 꽂아놓은 초 하나를 같이 불어

껐다. 졸업 기념으로 떠났던 제주도 일주에서 천주와 함께 돌아온 것은 망가질 대로 망가져 결국 폐차할 수밖에 없었던 오토바이 잔해와 등허리의 삼 분의 이가 완전히 갈려버린 살갗 위로 평생 없어지지 않게 된 화상자국이었다. 정작 자기는 그래도 운이 좋았다며 남의 일처럼 시큰둥했던 천주 대신 영의는 며칠 밤낮을 쉬지 않고 울었다. 나중에는 눈이 어찌나 부어올랐던지 손가락으로 간신히 눈꺼풀을 잡고 버티고 있어야 뭐라도 보였을 정도였다. 그 후로도 그 상처가 짓물렀다가 아물기를 반복한 끝에 더는 아무런 감각도 느껴지지 않게 되었을 때까지 그것을 볼 때마다 누구보다 속상해했던 영의였다.

　무언가 마음에 걸리는 게 있는 듯 영의는 곧장 빨래 바구니 앞으로 걸어가 그 안을 미친 듯이 헤집었다. 그러고는 그 속에서 천주를 방파제에서 처음 다시 발견했던 날 천주가 입고 있던 옷을 찾아내 집어 올렸다. 어딘지 모르게 묘한 기시감이 드는 것이었다. 그리고 보니 방파제 위에서 보았던 천주는 어쩐지 유난히 낯설었다. 생김새도, 목소리도 영락없는 천주가 분명한데 그 안에서 풍기는 분위기 속에 지난 몇 년간 천주에게는 없었던 다른 무언가가 들어 있는 것도 같았다. 그때는 그저 천주가 돌아온 것이 기뻐 다른 것은 깊이 생각하지 않았을 뿐 확실히 이상하기는 했다고, 영의는 이제야 조금은 그렇게 생각하며 손톱 옆에 돋아난 거스러미를 초조하게 잡아 뜯었다.

그리고 천주한테 이런 옷이 있었나. 천주가 사라지기 직전에 자주 입던 스타일은 분명 아니었다. 한쪽에 옷을 내려놓고서 영의는 어느새 켜져 있는 컴퓨터 화면 앞으로 바짝 얼굴을 가져다 댔다.

혹시 도중에 천주가 나오지는 않을까 신경을 곤두세우느라 손가락이 어찌나 떨렸는지 몇 번이나 비밀번호를 틀리고 나서야 겨우 천주의 개인 계정에 들어갈 수 있었다. 천주는 온라인 속에서도 항상 인기가 많았다. 영의는 짐작도 가지 않는 수많은 누군가의 사진마다 어떤 식으로든 천주의 모습이 함께 담겨 있을 때가 허다했고, 모르는 사람들에게서 받은 수십 통의 메시지들이 늘 손도 대지 못할 정도로 가득 쌓여 있고는 했다.

한참을 페이지를 넘겨가며 미친 듯이 마우스를 눌러대던 손가락이 무언가를 발견하고는 얼어붙은 듯 멈추어 섰다. 너무 놀란 나머지 허탈한 웃음이 바람 빠지는 소리처럼 잔뜩 물어뜯어 피가 맺힌 입술 사이로 비어져 나왔다. 그리고 그것을 보는 영의의 얼굴은 오히려 차분하게 가라앉았다. 화면 속 천주는 영의가 들고 있는 것과 똑같은 옷을 입은 채 카메라를 향해 활짝 웃고 있었다. 과방에서 찍은 것인지 원진에게 장난스럽게 헤드록을 걸고 있는 천주 옆으로 나란히 앉아 있는 몇몇 얼굴들은 아마 같은 과였을 테지만 조금도 기억나지 않았다. 영의가 무언가를 찾듯 마우스를 올려 다시 화면 가장 위로 돌아갔다. 사진이 업로드된 날짜는 팔 년 전이었다. 그리고 그때는 영의가 천주를 이 세상에서 처음으로 마주친 날이었다.

어떻게 했는지도 모르게 정신없이 노트북을 끄자마자 열린 문틈으로 흘러나온 무거운 더운 내가 훅 끼쳐오며 목덜미 위로 천주의 서늘한 살갗이 고스란히 느껴졌다. 부드러운 머리카락이 턱 아래를 살며시 쓸고 지나가자 영의는 순간 그대로 손을 들어 그 사이로 손가락을 집어넣고 마치 물 위를 유영하듯 헤집고 싶은 마음이 들었다. 그리고 그와 동시에 누구인지도 모를, 아니 무엇인지도 모를 존재를 마치 천주처럼 느끼고 그렇게 생각하는 자신이 혐오스럽기도 했다. 어깨를 감싸 쥔 손이 부드럽게 몸을 돌려세울 때까지 영의는 검은 화면 위로 얼룩진 형체를 가만히 노려보기만 했다.

"너 뭐야. 누구야."

자신을 향해 사랑스럽게 웃고 있는 그 두 눈을 보고 있는 것이 괴로워 영의는 고개를 돌려버렸다.

속으면 안 돼. 저건 다 가짜야.

"그게 무슨 말이야."

"천주는 어떻게 했어."

죽였어?

그렇게 쏘아붙이고 싶었지만 말은 아프도록 깨문 입술 안에서 어지럽게 맴돌기만 했다.

"……나 다 알아. 네가 진짜가 아니라는 거. 넌 지금 그냥 천주를 흉내 내고 있는 거야."

"아니야, 영의야. 나야, 천주."

매정하게 쳐낸 손이 힘없이 허공으로 떨어져 내렸다. 늘 잔잔한 바다 위로 내리쬐는 햇살 줄기처럼 머금고 있던 미소가 사라진 얼굴은 무엇도 가늠할 수 없는 고요 그 자체였다. 영의는 감각을 잃은 듯 저리기 시작한 팔에 있는 힘껏 힘을 실어 그 얼굴을 할 수 있는 한 멀리 밀어냈다.

"거짓말하지 마. 넌 천주가 아니야. 네가 어떻게 천주야. 천주는, 천주는……."

그렇게 바라는 대로 사라져줄 테니까 나 같은 건 죽었다고 생각하고 살든가.

천주는 정말로 죽어버린 걸까? 그때 그 말처럼.

어디선가 쏟아진 고함이 머릿속을 울리며 영의는 조금 비틀거렸다. 남자와 여자가 서로를 향해 죽일 듯이 달려들며 싸우는 소리는 낯설면서도 한없이 익숙한 것이었다.

"나는 네가 원하는 그대로의 천주야."

"……뭐?"

"영의 네가 그랬잖아. 천주가 다시 옛날처럼 돌아왔으면 좋겠다고."

"그거는……. 그때는……."

떠밀리듯 뒷걸음질 치던 걸음이 어느새 나타난 벽에 단단히 가로막혀 영의는 조금도 움직일 수 없게 되었다. 세상에 바다와 영의 단둘만 남겨진 것처럼 등 뒤에 걸쳐진 창문 너머로 흘러드는 파도 소리가 온몸을 휘감은 채로 귓가에 대고 끊임없이 속삭여댔다.

"네가 나를 부른 거야. 그리고 난 널 절대 떠나지 않아. 약속해."

온몸을 내리누르듯 단단히 감싸안은 팔 아래서 영의는 오히려 이제껏 그 어느 때보다 자유롭다고 느끼는 자신이 당황스러웠다. 원망을 쏟아내듯 누르스름한 불빛 아래로 어쩐지 조금은 반짝이는 것만도 같은 흰 살갗을 밀쳐내고 할퀴던 손이 조금씩 느려지다가 마침내는 무언의 허락을 내뱉듯 가만히 커다란 등 위로 내려앉았다. 그들 모두를 집어삼킬 듯 거대해진 파도 소리가 사방에서 휘몰아치는 순간 어느샌가 그 언젠가의 기억 속으로 돌아가 선 영의의 얼굴이 고통으로 한없이 일그러져 내렸다.

*

힘겹게 문고리를 돌려 여는 손바닥이 무겁게 내려앉은 바구니의 손잡이를 따라 불그스름하게 물들어 있었다. 제멋대로 비어져 나오는 거친 숨을 삼키면서 하나둘 짐을 내려놓던 영의의 시선이 신발장에 아무렇게나 벗어놓은 남자 구두에 가 닿았다.

천주가 벌써 왔나?

피로로 늘어졌던 뺨 위로 보조개가 보일 듯 말 듯 패인 얼굴이 되어 안으로 들어서던 영의가 난장판이 되어버린 모습을 보고는 우뚝 멈추어 섰다. 무언가를 찾는 듯 미친 듯이 집 안을 헤집고 있는 천주는 영의가 온 것도 알아차리지 못한 듯했다.

"……지금 거기서 뭐 해?"

홱 돌아서는 천주의 얼굴이 기이하리만치 낯설었다. 며칠을 그대로 내버려두었는지 덥수룩하게 자라난 수염 위로 벌겋게 핏줄이 다 터져버린 눈이 무언가에 잔뜩 찌들어 탁하게 흐려져 있었다. 천주가 달려오듯 앞으로 걸어오자 역한 술 냄새가 확 풍겨 영의는 자신도 모르게 굳어진 입술을 내보이지 않으려고 안간힘을 써야 했다.

"어딨어?"

"……뭐가?"

"통장 말이야. 돈. 돈 어딨냐고. 너 저번에 적금 든 거 있다고 했잖아. 곧 만기 된다고. 그거 나 좀 빌려줘. 급하게 필요한 데가 있어서 그래. 내가 금방 다시 돌려줄게."

"······없어."

"거짓말하지 마. 어뎄어? 어뎄는지만 말해. 내가 찾을게. 어디, 이 안에 있어?"

영의는 막무가내로 떼를 쓰는 아이처럼 제게로 손을 뻗는 천주에게서 홱 가방을 빼앗아 등 뒤로 숨겨버렸다. 금방이라도 울 것처럼 떨리는 눈동자가 마치 애원이라도 하는 것처럼 천주에게서 떨어지지 않고 있었다. 마침내 무언가를 결심한 얼굴이 되어 영의가 가방을 열어 냅다 바닥으로 뒤집어 쏟았다. 물건들이 한데 뒤엉켜 떨어지며 모서리가 부서지고 아무렇게나 벌어져 제멋대로 굴러가는 소리가 요란했다. 그러나 영의가 어떤 얼굴을 하고 있건 그런 것은 천주에게 더는 조금도 상관이 없게 된 모양이었다. 벌게진 눈을 부릅뜨고 그 위로 달려들어 헤집던 천주가 원하는 것을 찾지 못하자 손에 집히는 대로 신경질적으로 던져버리며 영의를 매섭게 노려보았다.

"없어. 없다고 했잖아! 천주야. 고천주. 너 언제까지 그럴 거야. 응? 제발. 제발 정신 좀 차려."

울음이 뒤섞인 영의의 목소리는 들리지도 않는지 그저 분이 풀리지 않는 듯 씩씩거리던 천주가 엉망이 된 바닥에서 무엇을 발견하고는 눈을 번득거렸다. 멍하니 그 시선을 따라 고개를 돌리던 영의도 뒤늦게 알아차리고는 그 위로 달려들었지만 언제나처럼 천주가 조금 더 빨랐다. 바닥에 내팽개쳐진 영의의 지갑을 주워 들고는 천주는 그 안을 미친 듯이 헤집기 시작했다. 얼마 되지 않는 돈이 모두 뽑혀나가듯 천주의 손안으로 들어가 허공 위에서 맥없이 흔들렸다. 그러고도 부족했는지 천주는 이내 칸칸이 들어 있던 카드를 모두 빼내 마치 놀이를 하는 것처럼 쓸 만해 보이지 않는 건 모두 골라내 아무렇게나 던져버렸다.

"고천주. 너 진짜……. 어디까지 하려고 그러는 거야. 그만하라고. 제발 그만 좀 해!"

그 모습에 질려버린 영의가 천주의 등을 때리고 잡아당기다 바닥의 물건에 발이 걸려 미끄러졌다. 아릿한 통증이 바닥을 찧고 울려대는 관자놀이 위로 퍼져나가는 것을 느끼면서 영의는 쓰레기장으로 변해버린 방 한가운데서 그저 한 마리 짐승으로밖에 보이지 않게 된 천주의 얼굴을 아프게 올려다보았다. 영겁 같던 시간이 지나간 후에 제법 만족한 얼굴이 되어 자리를 털고 일어나 자신을 스쳐 지나가는 천주를 영의가 다급하게 붙잡아 세웠다. 힘주어 잡은 손 아래로 어디서 묻혀온 것인지 알고 싶지도 않은 더러운 오물이 달라붙은 바지 밑단이 엉망으로 구겨져 있었다. 귀찮은 얼굴로 영의를 밀쳐내고 돌아서는 천주의 등 위로 완전히 어긋나버린 턱처럼 한껏 입을 벌린 가방이 세차게 떨어져 내렸다.

"이게, 진짜."

순식간에 돌아온 천주가 금방이라도 내리칠 것처럼 영의를 향해 힘껏 손을 치켜들었다.

"이젠 사람까지 치려고? 그래, 때려. 때리라고. 네가 여기서 얼마나 더 망가질 수 있는지 나야말로 궁금해서 미칠 거 같으니까."

어느새 천주의 것과 비슷하게 붉어진 눈으로 영의가 악다구니를 쓰며 아무렇게나 그 앞으로 머리를 들이밀었다. 커다란 손이 우악스럽게 어깨를 붙잡아 마치 벽 속으로 완전히 밀어넣어 버리려는 듯이 힘껏 밀어젖히자 영의는 등허리로 고스란히 들이닥친 충격에 고통스럽게 숨을 꺽꺽거렸다. 이성이라고는 조금도 남아 있지 않은 살기 어린 눈을 하고서 천주가 영의의 뺨 가까이 자신의 얼굴을 가져다 댔다. 온갖 더러운 냄새가 한데 뒤섞인 뜨거운 숨이 점점 가늘어지는 영의의 눈꺼풀 위를 불쾌하게 굴러다녔다.

"너 나 사랑한다며. 나랑 늙어 죽을 때까지 계속 같이 있고 싶다며. 근데 고작 이런 거 하나 못 해줘? 내가 그냥 달라는 것도 아니고 빌려달라잖아. 갚는다고. 아, 갚으면 될 거 아니야!"

목 언저리를 거칠게 붙잡은 손에 힘이 들어가자 영의가 그 손을 떼어내려고 안간힘을 쓰며 시뻘겋게 달아오른 얼굴로 천주를 노려보았다.

"나는…… 네가 차라리…… 어디로 사라져버렸으면 좋겠

어……."

한때는 그 안에 오직 서로만을 담고 있으면서도 행복한 불안에 몸을 떨었던 두 쌍의 눈동자가 이제는 누가 먼저랄 것도 없이 소리 없는 협박을 내지르며 상대의 가장 연약한 살갗 위로 성난 발톱을 휘둘러댔다. 한껏 희미하게 흐려진 눈앞이 마침내 암막 속으로 떨어져 내릴 때쯤 영의는 마지막으로 감정이라고는 조금도 들어 있지 않은 천주의 목소리를 들었다.

"그게 그렇게 소원이라면야. 알았어. 네 말대로 해줄게."

입가에 한껏 비웃음을 달아 올린 천주가 신경질적으로 손을 놓으며 일어섰다. 영의가 괴롭게 기침하며 숨을 토해내는 사이 거칠게 닫히는 문소리가 온 집 안을 요란하게 뒤흔들었다. 제멋대로 흘러내린 눈물을 아무렇게나 닦아 지워내면서 영의는 천주가 사라진 자리를 오래도록 바라보았다. 그 아래로 천주의 손가락이 무자비하게 짓눌렀던 살갗이 이미 벌겋게 달아 부어올라 한동안 지워지지 않을 자국을 무심하게 내보이고 있었다.

천주가 사라지기 전 일 년 동안은 정말이지 매일이 전쟁이었다. 천주에 관해서라면 그게 무엇이든 놀라울 정도로 인내심을 발휘하던 영의마저도 때때로 자신이 먼저 숨이 막혀 죽어버릴 것만 같은 기분이 들었다. 때론 물을 지나치게 많이 주어서, 또 때론 햇볕이 필요한 것보다 너무 강해서 결국엔 죄다 말라 죽고 말았던 식물들처럼 영의도 자신의 그늘마저 모두 밝혀 없애주었던 천주가 마치 다른 사람처럼 변해버린 사실 때문에, 천주를 욕하고 미워하면서도 여전히 미칠 듯이 원하는 자신의 사랑 때문에 시들어 죽어가고 있었다. 솔직히 잠시나마 이 모든 것은 천주가 영영 사라져버린다면 끝나버리지 않을까 생각한 적도 있었다. 그렇다고 정말로 그렇게 되어버릴 줄은 몰랐지만.

이 주 가까이 아무런 연락이 없었을 때도 그저 천주가 아직 화가 나 있는 거라고만 생각했다. 지난 몇 년간 그들은 금방이라도 헤어질 것처럼 사납게 싸우고 돌아섰다가도 한 달도 채 못 되어 다시 무엇에 중독된 사람처럼 미친 듯이 서로의 품을 찾아들었으니까. 그러나 한 달이 넘어가고, 계속 전화가 꺼져 있자 그때부터는 영의도 무언가 이상하다고 생각하기 시작했다. 급한 대로 회사로 전화를 해보자 이미 반년 전에 퇴사했다는 믿기지 않는 이야기만 들었다. 매일같이 술 한 잔씩 했다던 천주의 친구들 역시 다들 몇 달 전부터 그림자조차 본 적이 없다며 오히려 영의에게 천주의 근황을 물어왔을 뿐이었다.

모든 것이 거짓말투성이였다. 이제 영의는 무엇을 믿어야 할지 혼란스러웠다. 애초에 천주가 자신이 알던 그 사람이 맞는지도 의심이 들기 시작했다. 하루에도 몇 번씩 미친 사람처럼 울컥 화를 쏟아냈다가 다시 걱정하며 이미 오래전에 꺼져버린 천주의 전화에 돌아오지도 않을 메시지를 퍼붓는 일의 반복이었다. 그럴수록 영의는 광적으로 천주를 찾는 일에 매달렸다. 일단 천주를 찾고 나면 왜 그랬는지도 알게 될 것이었다. 천주의 흔적을 찾아 미친 사람처럼 헤매는 동안 영의는 의식적으로 천주와의 좋은 기억들만을 곱씹고 또 곱씹었다. 마침내는 영의가 고르고 골라 정성껏 다듬어낸 이야기들이 만들어낸 천주만이 남아 언제고 항상 같은 모습으로 영의를 떠나지 않게 되었다. 영의의 머릿속에서 늘 처음 만났던 그때처럼 웃고 있는 천주는 마음이 변하지도, 소리를 지르거나 죽일 것처럼 밀어 쓰러뜨리지도 않는, 영원한 영의만의 것이었다.

*

애써 밀어두었던 기억들을 모두 끄집어내고 나자 마치 칼로 살갗을 후벼 파는 것처럼 알싸한 눈물이 뺨 위로 쉴 새 없이 따끔거렸다. 천주는 정말 죽었을지도 모른다. 아마 경찰이 엉망으로 박살이 난 차를 끌어 올렸던 그 저수지 밑 어딘가에 가라앉아 있을 것이었다. 그리고 자신은 죄책감일지 이미 습관이 되어버린 미련일지 모를 감정에 미쳐 이제는 헛것마저 보고 있는 것이 분명했다.

천주야. 우리는 어쩌다 이렇게까지 되어버렸을까.

젖은 볼 위로 천주의 입술이 천천히 내려앉는 것이 느껴졌다. 슬픔을 불러들이듯 부드러운 입술 아래로 이미 차게 식어버린 눈물방울이 흔적도 없이 빨려 들어갔다. 온몸을 감싸는 그 기묘한 느낌에 영의는 그만 눈을 감아버렸다. 그건 마치 진짜 살아 있는 사람의 것처럼 너무도 생생해서 끝내는 마음을 놓아버리게 만드는 어떤 것이었다.

내가 진짜 미쳤나 봐. 진짜 천주인 것만 같아. 아니…… 이게 진짜 천주였으면 좋겠어.

"아무것도 생각하지 마, 영의야. 다 괜찮아. 걱정할 필요 없어."

귓가에 내려앉는 부드러운 목소리에는 그러나 어떠한 숨결도 느껴지지 않았다. 아무리 기다려도 나타나지 않는 온기가 일깨우는 현실에 오히려 마음이 차분하게 가라앉으며 흐릿하게 가려졌던 것들이 선명하게 제 모습을 드러내기 시작했다.

네가 무엇이든 상관없어. 잠깐만 이렇게 있자. 지금은 그냥 그거면 돼.

천주의 품을 힘껏 파고들며 영의는 자신에게인지, 천주에게인지, 누구를 향한 것인지 모를 말을 작게 속삭였다. 조금의 틈도 없이 서로에게 단단히 얽혀 들어간 두 사람이 곧 누가 누구인지 구분할 수 없이 하나로 덩어리져 무너져 내렸다.

어디선가 바람이 들어오는지 땀과 머리카락이 어지럽게 말라붙은 이마 위가 잠시 서늘했다. 맨살이 드러난 등허리에 바람이 옮겨붙으며 몸을 조금 떨자 잠결에 눈도 뜨지 않은 채로 천주가 영의를 자신에게로 끌어당겨 그 위로 꼼꼼히 이불을 덮어주었다. 어둠 속에서 영의는 가만히 눈앞의 천주를 바라보았다. 아직도 희미하게 떨리고 있는 손가락이 땀이라고는 흘린 적 없이 말끔한 이마를 타고 내려와 길게 뻗은 콧대를 가만히 쓸어내렸다. 참지 못하고 영의는 작게 벌어진 입술에 살며시 자신의 입술을 가져다 댔다. 가만히 잠들어 있는 천주를 사랑스럽게 보며 휘어지던 눈이 금세 가라앉으며 금방이라도 울 것처럼 변했다.

모든 게 다 그대로야. 진짜로 천주야.

말도 안 되는 소리라는 건 영의 자신이 누구보다 잘 알고 있었다. 하지만 영의는 동시에 그냥 아무것도 모르는 척 그것을 믿고 싶기도 했다.

습관처럼 만지작거렸던 흉터가 모조리 사라지고 없는 매끄러운 등을 마치 간신히 줄 하나에 의지해 허공에 매달린 사람처럼 절박하게 끌어안으면서 영의는 천주의 자취방에 들어섰던 그날로 돌아간 기분이었다. 먹다 남은 떡볶이 그릇을 밀어둔 채 아는 형의 또 아는 누군가에게 얻어 온 푹 꺼진 매트리스 위에서 서툴게 사랑을 나눴던 바로 그때로.

제 위로 포개지는 천주의 무게를 느끼면서 영의는 마치 처음처럼 떨고 있는 자신이 조금 당황스러웠다. 그러나 그 묘한 떨림은 곧 한 번도 느껴보지 못한 행복감으로 벅차올라 영의의 모든 것을 마비시켰다. 온몸이 산산이 부서지는 기쁨에 흔들리는 눈동자 옆으로 깊게 파인 고랑을 따라 뜨거운 눈물이 느리게 흘러내렸다.

천주는, 그러니까 그게 누구건 지금 눈앞에 있는 이 남자는 자신에게서 모든 고통과 슬픔을 가져가려고 존재하는 것만 같았다. 이 옆에서라면 영의는 더는 슬퍼서 울지 않게 될지도 모른다는 확신 같은 예감이 들었다. 이젠 영의도 자신이 뭘 원하는지, 어떻게 해야 맞는 건지 아무것도 알 수 없었다. 지금은 그저 이대로, 누군가의 장난이든 아님 자신의 소원이 진짜로 이루어진 것이든 뭐든 간에 눈앞의 천주를 조금만 더 옆에 잡아두고 싶은 생각뿐이었다.

조심스럽게, 그러나 어딘가 다급하게 계속 문을 두드리는 소리에 영의는 눈을 떴다. 모르는 척하며 천주의 가슴팍에 얼굴을 단단히 묻어도 보았지만 소리는 무슨 이유에선지 끈질기게 이어지고 있었다. 천주가 눈을 찡그리며 몸을 가볍게 뒤척였다. 아기처럼 잠들어 있는 얼굴을 잠시 쓰다듬던 영의가 천주가 깰세라 그 안에서 조심스럽게 몸을 빼내며 일어섰다.

밖에 서 있던 것은 장혜였다.

습기를 한껏 머금은 탓인지 늘 곱슬곱슬하게 말려 있던 머리카락이 축 늘어진 채로 어깨 위를 지저분하게 감싸고 있었다. 어쩐지 그것보다 더 처진 얼굴이 울상이 되어서는 장혜는 계속 영의의 눈을 마주치지 못하고 애꿎은 발끝을 불안하게 차댔다.

"언니. 저기…… 괜찮아요? 엄마가 그러는데 요즘 밖에도 안 나오고 혹시 어디 아픈 거 아닌가 싶다고요."

한참을 망설이던 장혜가 절대 아무에게도 자신에게 들었다는 말은 하면 안 된다고 몇 번이고 약속한 끝에야 한숨을 쉬듯 이야기를 털어놓았다. 아무리 그래도 이건 아니다 싶어서 언니한테만 말해주는 거라면서.

지금 영의가 사는 집이 몇 년을 내놓아도 이상하게 팔리지도 않고 그나마 사정을 모르는 외지인들에게 어찌저찌 헐값에 넘겨도 보았지만 모두 하나같이 얼마 버티지 못하고 도망치듯 떠나버렸던 것은 다 그때의 일 때문인 게 분명하다고, 마을 사람들은 쉬쉬하면서도 모두가 그렇게 믿고 있다고 했다. 그러나 할매 혼자 손녀를 키우던 집이 하루아침에 텅 비어버린 까닭에 대해서만큼은 장혜도 어쩐 일인지 입을 꾹 다문 채 고개를 내저을 뿐이었다.

"그래도, 언니는 아예 살러 온 것도 아니고……. 그러니까 아무 상관 없을 줄 알았어요. 근데 또 요즘 보니까 그것도 아닌 거 같고. **혹시 주변에서 뭐 이상한 거 보거나 그런 건 없었죠?**

아니, 나도 그 얘길 믿는 건 아닌데, 하도 사람들이 자꾸 귀신 들린 집이라고 하니까."

장혜가 변명하듯이 얼른 몇 마디를 덧붙였다.

"아니야. 진짜로 난 괜찮아. 그냥…… 요즘 좀 피곤해서 그런 거 말고는 아무 일도 없어."

천주의 그림자인지 무언지 모를 누군가가 갑자기 내 앞에 나타난 것을 빼면 말이야.

그렇게 말하는 자신을 바라보는 장혜의 눈이 어떻게 변할지가 뻔히 그려져서 영의는 어느새 지끈거리는 관자놀이를 지그시 내리누르며 문을 조금 더 자기 쪽으로 잡아당겼다. 여전히 걱정된다는 얼굴로 내키지 않은 걸음을 되돌리던 장혜가 무언가 생각난 듯이 막 닫히려던 문틈 사이로 다시 빼꼼히 소리를 높였다.

"그 오빠도 괜찮은 거 맞죠? 둘 다 진짜 아무 일도 없는 거죠?"

"장혜야, 지금 누굴…… 말하는 거야?"

이제 영의는 불길한 무언가가 나타난 것을 알리는 북소리처럼 귓가를 세게 때려대는 자신의 심장소리를 들을 수 있었다. 장혜가 무슨 그런 당연한 걸 다 묻느냐는 얼굴이 되어 눈을 동그랗게 떴다.

"언니 남자 친구요. 지금 집에 언니랑 같이 있잖아요. 아니에요?"

다른 사람 눈에도 분명 천주의 모습이 보였다. 비록 목소리
와 그림자가 전부이기는 했지만. 그게 무슨 의미인지는 알 수
없었지만 막연한 예감은 그저 좋은 일만은 아닐 거라고 자꾸
만 영의의 마음을 불안하게 잡아 흔들었다. 여전히 깊게 잠들
어 있는 천주를 내려다보는 영의의 입술이 어떻게 해도 자꾸
만 우그러졌다. 뒤축을 아무렇게나 구겨 신은 운동화가 거슬
리는 소리를 내며 바닥을 끌다가 이내 요란스러운 뜀박질로
바뀌어 텅 빈 골목을 시끄럽게 울려댔다. 지금 영의는 당장 서
울로 돌아가 어디로든 그들을 모르는 곳으로 천주를 데리고
떠나야겠다는 생각뿐이었다. 천주는 늘 아는 사람이 많았다.
한국에서는 어디에 숨어 있어도 언젠가는 천주를 알아보는 사
람을 마주치게 될 것이었다. 그리고 그때는 정말로 천주를 영
영 잃어버리고 말 것이라는 불길한 예감이 영의의 온몸을 아
프게 파고 들어갔다.

드문드문 세워져 있는 가로등 불빛이 전부인 어둠 속을 내
달리는 영의의 머릿속이 금방이라도 끊어질 듯 가쁘게 차오르
는 자신의 숨소리로 가득 들어찼다.

막 이차선도로 끝을 꺾어 들어가는 트럭을 발견하자 영의는
그 위로 뛰어들 듯 막무가내로 앞을 막아섰다. 잔뜩 벌게진 얼

굴로 창문을 내린 건 언젠가 방파제에서 보았던 남자였다.

"혹시나 해서 내가 한 번 더 봤으니까 다행이지, 안 그랬음 하마터면 그냥 그대로 그쪽을 칠 뻔했어요. 알기나 해요?"

미친 듯이 화를 내는 남자를 보고도 영의는 그저 고장 난 라디오처럼 얼마든 원하는 대로 줄 테니 시내로 나가자는 말만 계속해서 쏟아낼 뿐이었다. 넋이 나간 사람처럼 풀려 있는 영의의 눈을 잠시 말없이 바라보던 남자가 마침내 신경질적으로 손을 뻗어 조수석 문을 열어주었다.

"돈 같은 소리는 집어치우고 일단 타요. 어차피 나도 가는 길이니까 태워는 줄게요."

전조등 불빛만이 어지럽게 흔들리는 어두운 도로 위를 달리면서 남자는 여전히 잔뜩 구겨진 인상을 펴지 않은 채로 이따금씩 영의를 흘금거렸다. 그러나 요동치는 차창에 머리를 기댄 채 입술만 잘근거리는 영의는 마치 그곳에 껍데기만 남겨둔 사람같이 이미 오래전에 텅 비어 있을 뿐이었다.

남자는 영의를 시내의 카센터 앞에 내려주고는 사라졌다. 고개를 절레절레 흔들면서도 잘 아는 사이인지 남자가 유니폼 차림의 직원 하나와 한참을 이야기하고 나자 곧 영의의 앞에 렌트카 번호판을 단 승용차 하나가 멈추어 섰다. 쏜살같이 달려나가는 차가 방지턱 위를 날듯이 지나칠 때마다 조수석 위로 아무렇게나 내려놓은 직원에게 받은 서류가 금방이라도 떨어질 것처럼 어지럽게 흩어졌다. 그러나 지금 영의에게는 그 어떤 것도 보이지 않았다.

영원히 꺼지지 않을 것만 같은 간판의 불빛들이 내리쬐는 도로를 벗어나자마자 갑자기 끼어든 하얀색 고급 SUV와 부딪힐 뻔하며 영의는 있는 힘껏 온 다리에 힘을 실었다. 아슬아슬한 틈만을 남겨둔 채 가까스로 멈춘 차 위로 요란한 바퀴 소리가 뒤늦게 따라붙으며 귀를 어지럽혔다. 높게 솟아오른 하얀 옆구리가 시야를 완전히 가로막으며 희뿌연 불빛을 튕겨냈다. 몇 번이고 조급하게 내리누르는 클랙슨 소리에도 마치 안에 아무도 들어 있지 않은 것처럼 눈앞의 차는 끊기지 않는 엔진 소리만을 길게 내뱉고 있을 뿐이었다. 신경질적으로 차에서 내린 영의가 뛰어가듯 하얀색 차 앞으로 가 섰다. 그러나 밤의 색보다 한참은 더 짙은 검은 창문이 반쯤 열렸을 때, 영의는 하마터면 놀라 그 자리에 주저앉을 뻔했다. 가까스로 버티고 선 다리가 제멋대로 떨리는 것을 느끼면서 영의는 천천히 뒤로 물러섰다. 언젠가 마주쳤던 검은 선글라스 속 여자가 영의를 올려다보며 웃고 있었다.

"따라와요. 여기 서서 할 만한 얘긴 아니니까."

여자는 그렇게 말하고는 대답도 기다리지 않고 먼저 차를 몰고 달려나갔다. 그 난데없는 만남이 당혹스러웠지만 영의는 어쩐지 여자의 말을 따라야 한다는 이유 모를 확신 같은 것이

들었다. 한참을 내달린 끝에 두 사람의 차가 어둠 속에서 물 흐르는 소리만이 요란한 어느 하천 앞 공터에 멈추어 섰다. 아마 바다에서 갈라져 나온 줄기를 따라 흐르는 것일 터였다.

"천주 개 지금 어딨어요? 죽었다는 얘기는 하지 마요. 그걸 곧이곧대로 믿을 만큼 나나 그쪽이나 멍청하지 않은 건 알고 있으니까."

여자의 차 안에 올라타자마자 숨이 막힐 정도로 가득 들어찬 향수 냄새가 코점막 사이로 단단히 들러붙었다. 여차하면 언제든지 뛰어내릴 생각으로 영의는 손잡이를 아프도록 그러쥔 손을 어깨너머로 숨기며 여자를 돌아보았다.

"아, 내가 누군지 궁금하겠구나. 사촌 누나예요. 뭐, 일단 대외적으로는. **실제로는 이런 사람이고**."

그런 뻔한 수작쯤은 가소롭지도 않다는 듯 입꼬리에 슬며시 비웃음을 매달아 올린 여자가 곧 명함 한 장을 내밀었다. 이름만으로는 도무지 짐작도 가지 않는 회사명과 그 아래 적힌 영문 이름을 영의는 오래도록 내려다보았다.

"어렸을 때 잠깐 개 일을 몇 번 도와준 적이 있어요. 그때 인연을 못 끊어내서 그 업보로 지금까지 이렇게 지지고 볶는 거고. 근데 만나는 사람마다 그 히스토리 그대로 들려줄 수는 없으니까. 알잖아요. 우리나라 사람들 남한테 쓸데없이 관심 많은 거. 그래서 밖에서는 그냥 둘이 피가 아주 조금 섞인 남매라고 해요. 그 편이 편해요."

잘 손질된 기다란 손톱이 마치 무언가를 기다리듯 일정한 박자를 띠며 핸들 위를 달각거렸다. 한참을 망설인 끝에 아주 조금 벌어졌던 입술이 이내 무언의 시위를 하듯 다시 굳게 다물렸다. 그것을 지켜보던 여자가 흥미롭다는 듯이 눈썹을 가만히 추켜세웠다.

"내가 천주한테 받을 돈이 좀 있어요. 근데 걔가 갑자기 이상하게 내 연락은 안 받더라고. 평소엔 그렇게 멍청한 애가 아닌데 왜 그랬을까. 암튼 그래서 사람 시켜서 미국에 있는 걔 부모 쪽도 알아봤더니 또 거기로는 안 간 모양이데요? 그럼 이제 남는 거는 하난데."

어느새 떨어져 나온 여자의 손가락이 뾰족한 끝을 세우며 정확히 영의를 가리켰다.

"둘이 같이 사네 못 사네 어쩌니 해도 결국엔 다시 붙어서 좋아 죽는 거 모르는 사람이 없던데. 천주한테서 연락 온 거 있죠? 다 알고 온 거니까 속여먹을 생각은 말아요. 남들 다 죽었다는 남자 친구 혼자 살아 있다고 악을 쓰던 사람이 갑자기 다 내팽개치고 아무 연고도 없는 시골 바닷가에 처박혔다? 이건 둘 중 하난 거니까. 진짜로 미쳐 돌았거나, 아님 뭔가 남들은 알면 안 되는 걸 숨겨야 했거나. **예를 들면…… 그 죽었다던 남자 친구한테 갑자기 연락이 왔다든지 하는.**"

위협적으로 목덜미를 타고 내려가는 손가락을 영의가 있는 힘껏 뿌리치며 여자를 매섭게 노려보았다. 여자가 코웃음을 치며 한껏 기울였던 몸을 다시 제자리로 돌려놓았다.

"지금 뭔가 잘못 아시는 거 같은데요. 천주는 부모님이 안 계세요. 대학교 입학하고 나서 바로 돌아가셨다고……. 그 뒤로 쭉 혼자라고 그랬어요."

뭘 몰라도 한참 모르는 건 당신이야.

덜덜 떨리는 무릎을 억지로 잡아 멈추며 영의는 이제 불쾌하다 못해 세상에서 가장 싫은 사람이 되어버린 여자에게서 고개를 돌려 동그랗게 전조등 불빛이 내려앉은 땅바닥을 눈이 시리도록 내려다보았다.

나도 교통사고였어. 그래도 적어도 난 그땐 성인이기라도 했지. 영의 넌 얼마나 힘들었을까. 그렇게 말하며 어느새 흐른 줄도 모르게 마른 눈물 자국을 조심스레 닦아주던 천주의 얼굴을 영의는 아직도 그 위로 보일 듯 말 듯 새겨진 작은 점의 위치까지도 모두 기억하고 있었다. 마치 쌍둥이처럼 닮아 있는 제 몫의 아픔을 담담히 꺼내어 보여주던 순간 영의는 태어나 처음 느껴보는 감정에 자신도 두려워질 만큼 걷잡을 수 없이 천주에게 빠져들었다. 아무것도 의지할 데라곤 없이 세상에 홀로 내던져진 그들에게 서로는 유일한 안식처이자 집 그 자체였다.

"천주가 그래요, 자기 고아라고? 하여튼, 고천주 머리 쓰는 거 하난 알아줘야 한다니까. 걘 아마 배우 해도 잘했을 거 같지 않아요?"

여자가 아주 재미난 이야기를 들었다는 듯이 손바닥을 마주치며 깔깔거렸다. 그러나 그 작위적인 웃음소리는 곧 나타난 적도 없는 것처럼 뚝 끊겨버리고 그 아래로 싸늘하게 얼어붙은 여자의 얼굴만이 남아 영의를 똑바로 건너보았다.

"걔네 부모 멀쩡히 잘 살아 있어요. 뭐, 거기도 이미 오래전에 아들 하나 없는 셈 치고 사는 거 같긴 하지만."

힘없이 밀어낸 문이 채 닫히기도 전에 굉음을 뿜어낸 여자의 차가 금방이라도 영의를 칠 것처럼 급하게 머리를 돌려 달려 나갔다. 어지럽게 그려진 바퀴자국만이 남아 있는 자리에 그대로 서서 영의는 기분 나쁜 먼지처럼 자꾸만 살갗에 달라붙어 떨어지지 않는 여자의 말을 오래도록 생각했다. 도무지 믿을 수 없는 것투성이였다. 이명처럼 귓가를 찌르르 울리는 천주의 목소리는 무엇이 거짓말이고 또 무엇이 진짜인지 이제는 가늠조차 할 수 없게 된 지금은 마치 모르는 사람의 것처럼 너무나 낯설게만 들릴 뿐이었다. 여자는 그동안 영의가 알고 있던 천주는 모두 철저히 천주가 만들어낸 모습일 뿐이라고 했다.

그런데 도대체 왜? 뭘 위해서?

이제는 천주가 진짜로 죽은 건지도 의심스러웠다. 물을 잔뜩 머금은 시트 아래로 쏟아져 내리는 검붉은 핏방울을 상상하며 영의는 거칠게 고개를 흔들었다. 시동도 켜지 않은 어두운 차 안에 가만히 앉아 있는 멍한 얼굴 위로 어느새 여자의 등 뒤로 기울어진 창문 위에서 아른거리던 매끄럽고 동그란 머리통이 천천히 떠올랐다.

"근데, 이상하네?"

여자가 재미있다는 듯 입술을 들어 올리며 턱을 가볍게 괴었다.

"아니, 여기 오기 전에 나도 나름대로 그쪽을 머릿속으로 그려봤을 거 아니에요? 근데 내 생각보다 뭐가 많이 달라서 말이야. 솔직히 난 천주 얘기 꺼내자마자 그쪽이 울고불고 난리칠 줄 알았거든요. 근데 뭐랄까……. 이건 너무 차분하네. 이제보니까 정신이 완전히 다른 데 나가 있어서 그런 거 같기도 하고."

무언가를 떠보듯 여자의 눈초리가 가늘어지며 영의를 느리게 훑어 내려갔다.

"그건……."

"으으음. 말할 필요 없어요. 그쪽 사생활은 그쪽 거니까."

순식간에 굳어진 영의의 얼굴을 흘끔거리던 여자가 과장된 몸짓으로 두 손을 높이 들어 올렸다.

"남자죠?"

관심 없다는 듯 한껏 뒤로 젖혔던 얼굴을 별안간 다시 불쑥 들이밀고서 여자는 정말이지 그저 궁금해죽겠다는 아이 같은 표정으로 영의를 올려다보았다.

"아니, 천주 말고. 지금 같이 있는 사람."

영의는 대답하지 않았다. 그건 여자가 알아서도, 아니 알 자격도 없는 것이었으니까.

"맞구나. 으음. 어쩐지."

어딘가 신이 난 목소리로 여자가 어깨를 으쓱거렸다.

"있죠, 난 남의 연애사에 눈곱만큼도 관심 없어요. 누구한테든 내 돈만 받으면 그만이거든. 그러니까 잘 생각해요. 괜히 의리니 죄책감이니 그딴 싸구려 감정으로 마음 떠버린 남자 도우려다가 자기 옆에 있는 사람도 못 지키지 말고. 오케이? 내 말 알아들어요?"

참을 수 없이 속이 울렁거려서 영의는 그만 눈을 질끈 감고 의자 위로 무너지듯 머리를 기댔다. 여자의 말 한마디에 천주와 함께했던 모든 날들이, 자신의 사랑이, 그 청춘이 모두 그 존재를 부정당한 채 더러운 쓰레기가 되어 버려진 것만 같은 기분이었다.

처음부터 그런 인간이었던 걸까. 아님 세상이, 더는 붙잡을 수도 없이 아득히 흘러버린 시간이 그리고…… 어쩌면 내가 천주를 그렇게 만들어버린 걸까.

이제 영의는 아무것도 확신할 수 없게 되었다. 딛고 설 데라고는 아무 데도 남아 있지 않은 것처럼 발밑으로 깔린 세상이 빙그르르 돌아가며 금방이라도 속을 모두 게워버릴 것처럼 지독한 욕지기가 밀려 올라왔다. 그때 갑자기 휴대전화 화면이 반짝거리며 창백한 얼굴 위로 푸르스름한 얼룩을 지저분하게 그려놓았다. 힘없이 그것을 손에 쥔 영의의 얼굴이 단번에 소리 없는 경악으로 무너져 내렸다.

이곳에 처음 도착했던 날 찍어 블로그에 올렸던 사진 밑으로 영의만 볼 수 있게 비밀댓글 하나가 달려 있었다.

*

스마트폰 지도에도 나오지 않는, 골목을 돌고 돌아 겨우 찾아낸 허름한 모텔 안으로 들어가는 영의의 걸음이 자꾸만 무겁게 뒤처졌다. 다 떨어져 나간 문패 대신 매직펜으로 대충 숫자를 휘갈겨 놓은 504호 앞에 멈추어 서자 잔뜩 긴장한 얼굴이 급하게 숨을 들이마시었다. 채 다 두드리기도 전에 문이 열리고 거칠게 그 안에서 뻗어 나온 손 하나가 영의를 제멋대로 끌어당겼다.

"잠깐만…… 잠깐 이것 좀……."

우악스럽게 붙잡힌 손목을 있는 힘껏 비틀어 빼내던 영의가 그대로 멈칫한 채 떨리는 입술만 말없이 움찔거렸다.

천주가 영의의 눈앞에 서 있었다.

얼마나 오래 그대로 내버려두었는지 덥수룩하게 자라난 수염 위로 벌겋게 핏줄이 모두 터져나간 누르스름한 눈동자가 연신 불안하게 이리저리 흔들렸다. 무언가 의미를 알아들을 수 없는 소리를 나지막이 욕처럼 내뱉는 퀭한 얼굴 아래로 그간 무슨 일이 있었던 것인지 온몸이 막 불그스름하게 딱지가 앉기 시작한 상처로 가득했다. 심하게 다친 모양인지 한쪽 다리를 절룩거리며 천주가 다가오자 영의는 자신도 모르게 도망치듯 몇 걸음 뒤로 물러섰다.

"뭐야, 그 얼굴은. 귀신이라도 봤나 싶어? 아쉽게 됐네. 고천주 아직 멀쩡히 살아 있거든. 정신 사납게 서 있지 말고 어디 앉든지 뭐라도 하든지 해. 맞다. 사 오라는 건."

꿈인지 실제인지 여전히 믿기지 않는 얼굴로 서 있는 영의를 불만스럽게 훑어보던 천주가 영의의 손에 들린 봉투를 발견하고는 화색이 되어 낚아채듯 가져갔다. 그 안에 든 음식을 침대 위로 아무렇게나 쏟아부은 천주가 그중 하나를 집어 들어 통조림째 그대로 게걸스럽게 먹어 치우기 시작했다. 그런 천주를 가만히 지켜보던 영의가 그제야 정신이 조금 든 얼굴로 천천히 방 안을 둘러보았다. 한참을 이곳에 머무르고 있었는지 온갖 쓰레기와 빨지 않은 옷가지가 바닥에 아무렇게나 널브러져 있었다. 무슨 전리품이라도 되는 듯이 한쪽에 나란히 줄지어 세워놓은 빈 소주병들이 뭔가를 찾는지 조심성 없이 쓰레기 더미를 뒤적거리는 천주의 손길에 떠밀리며 사방으로 쓰러져 듣기 싫은 소리를 냈다.

"그 망할 것이 나를 완전히 죽이려고 들었어. 원래 계획은 그냥 살짝 상처만 내는 거였는데."

마치 지난 몇 년 전으로 돌아가기라도 한 것처럼 그 앞에서 울어도 보고 윽박을 내지르다 나중에는 애원에 가까운 부탁을 거듭하고 나서야 천주는 마지못해 그간의 일들을 듬성듬성 이가 빠진 모양으로나마 이야기해주었다.

이런저런 이유로 영의 몰래 지게 된 빚이 나날이 제멋대로 몸집을 불려가며 마침내는 더는 감당하지 못할 정도까지 커지게 되자 천주는 문득 한 가지 생각을 떠올리게 되었다. 죽고 나면 받게 될 목숨값으로 그 빚을 갚겠다는, 어쩌면 지금의 자신을 구원할 수 있을지도 모르는 유일하고도 말도 안 되는 그 생각을.

일이 성공하기 위해서는 일단 영의에게조차 이 모든 것을 비밀로 감춰두어야 했다. 원래는 사건이 잠잠해지고 나면 천주는 그길로 바로 영의를 찾아갈 계획이었다. 영의라면 처음에야 화도 내고 걱정도 하겠지만 결국에는 천주가 왜 그렇게 까지 해야 했는지 이해해줄 것이었다. 그런데 여자가 생각보다 심하게 천주를 상처 입히는 바람에 그나마 혼자 움직일 수 있게 될 때까지 생각보다 더 오래 시간을 잡아먹었다. 게다가 일단 일이 벌어지고 나자 여자는 본색을 드러내 원래 떼주기로 했던 수익보다 더 많이 요구했고, 그런 여자를 피해 천주는 하는 수 없이 길 위를 떠도는 들개보다 못한 신세가 되어 하루가 멀다고 이곳저곳으로 도망을 다녀야 했다.

제때 치료하지 못한 상처가 곪아 썩어들어가고 더는 움직이지도 못할 만큼 통증이 심해지면서 천주는 어느새 흘러든 어느 이름도 알지 못하는 도시인 이곳에서 벌써 보름 남짓 머무르고 있던 참이었다. 그간 알던 누구든 이제는 코앞에서 천주가 지나가더라도 조금도 알아보지 못할 정도로 겉모습도, 아니 천주는 인정하지 않으려고 했지만 그 마음마저도 완전히 낯선 타인처럼 변해버린 탓에 한결 숨통이 트이기는 했어도 그래도 천주는 여전히 꼭 필요할 때가 아니면 아무렇게나 지어낸 이름을 대고 빌린 이 모텔을 벗어나지 않았다. 그러던 어느 날, 충전기에 꽂아놓은 휴대전화가 제멋대로 번쩍이는 바람에 잠에서 깬 천주는 마치 우연처럼 영의가 블로그에 올려놓은 사진 한 장을 보고 그들이 지금 같은 곳에 있다는 그 중요한 사실을 알아차렸던 것이었다.

"보험사에서 뭐 연락 온 건 없었어? 내가 생살까지 찢어가며 그 고생을 했는데 아직 사망 선고도 안 받고 뭐 하고 있었던 거야. 너 설마 내가 살아 있다느니 뭐니 하면서 헛짓하고 돌아다닌 건 아니지?"

그 흔한 소셜미디어는커녕 그나마 가지고 있던 블로그도 오래도록 버려져 있었던 터라 영의의 흔적을 찾느라 갖은 고생을 했다고 천주가 볼멘소리를 내뱉었다. 그간의 시간 동안 어디에 있는지 짐작도 되지 않는 천주의 그림자를 좇아 바닥의 바닥까지 가라앉아버린 영의에게 남은 것이라고는 깊은 절망뿐이었다는 사실은 조금도 알지 못하는 것처럼 보였다.

보는 사람을 몸서리치게 만드는 기이한 광기마저 서려 있는, 그 주위가 거뭇거뭇하게 얼룩진 눈자위를 바라보며 영의는 처음으로 자신이 천주에 대해서 아무것도 알지 못하고 있던 것일지도 모른다는 생각이 들었다. 천주 몫의 보험금이 영의 앞으로 들어오기만 한다면 모든 게 다 괜찮아질 거라며, 그때까지 자신은 이렇게 쥐새끼처럼 숨어 있을 수밖에는 없다고 낮게 욕을 읊조린 천주가 어느새 바닥까지 모두 비워버린 통조림 캔을 쓰레기 더미 위로 아무렇게나 내팽개쳤다.

"그 돈만 받으면 돼. 돈만 받으면 아무도 모르는 데로 같이 멀리 떠나버리자. 맞아, 그게 어디였더라. 영의 네가 예전부터 가보고 싶다고 했던 데 있잖아. 거기가 좋겠다. 가서 우리 둘이

서 다시 시작하는 거야."

동그란 불빛들이 빠르게 깜빡이다가 이내 색을 바꾸어 벌건 얼굴을 들이밀었다. 그것을 따라 급하게 멈추어 선 차 아래로 바퀴가 억세게 맞물리는 불쾌한 소리가 났다. 한껏 앞으로 떠밀린 몸을 엎어지듯 그대로 핸들 위로 내려놓는 영의의 얼굴이 혼란스럽게 흔들리고 있었다.

불과 몇 시간 전의 일들이 마치 까마득한 오래전의 일인 것처럼 아득하게만 느껴졌다. 숨도 쉴 수 없을 만큼 거세게 휘몰아치는 바람처럼 난데없이 나타나 자신의 온몸을 잡고 늘어지는 일들에 영의는 어떻게 해도 정신을 차리지 못하고 자꾸만 휩쓸려 아래로 아래로 떠내려가기만 했다.

무슨 말을 했는지도 모르게 천주를 다시 그곳에 남겨두고 빠져나오던 순간부터 영의는 집에 혼자 남겨져 있을 천주만을 생각했다. 조급한 마음을 따라잡지 못하고 아무렇게나 미끄러지는 핸들을 위태롭게 부여잡으면서 영의는 천주를 향해 내달렸다. 그러나 불이 모두 꺼진 집 안 어디에도 천주는 없었다.

"천주야! 천주야!"

콧속을 파고드는 탁한 공기가 목덜미를 잡아 누르는 것처럼 답답했던 그 방에서 천주와 함께 있는 동안 어쩐지 영의의 입술 위로 단 한 번도 흘러나오지 않았던 이름이 이제는 어두운 공기 위를 쉴 새 없이 떠다니며 주인을 찾아 어지럽게 헤매었다. 천주의 흔적을 찾아 미친 듯이 거리를 뛰어다니던 걸음이 파도 소리가 귓가를 아프게 때리는 아래로 우뚝 멈추어 섰다. 영의가 천주를 처음 발견했던 바로 그 자리에 천주가 쓰러져 있었다. 제멋대로 새어 나오는 비명을 애써 아무렇지 않게 목 너머 어딘가로 삼켜버리고서 영의가 조심스럽게 천주를 일으켜 안았다.

"왜 여기에 있어. 집에 가자."

천주는 대답하지 않았다. 아니 가냘프게 떨리는 입술이 무언가를 말하려는 듯 힘겹게 움찔거렸지만 영의는 유독 차갑게 식어 있는 천주의 팔을 힘주어 잡는 것으로 그 대답을 대신했다. 휴대전화 플래시에서 흘러나오는 가느다란 불빛이 어둠을 가르며 나아가는 아래로 완벽하게 하나로 겹쳐진 그림자가 위태롭게 휘청거리며 조금씩 사라져갔다.

그날 이후로 천주의 상태는 갑자기 계속 나빠져만 갔다. 영의는 선글라스 여자가 여전히 어딘가에서 자신을 지켜보고 있다는 것을 알고 있었다. 그것만 아니었더라면 마을 사람들에게 들킬 위험을 감수하고서라도 영의는 천주를 당장 집 밖으로 데리고 나갔을 것이었다. 그러나 검은 알 너머로 가려진 그 날카로운 눈동자가 등 뒤에 달라붙어 있는 한, 영의는 자신도 그리고 이제는 그 이름을 생각하면 누구를 먼저 더 떠올리게 됐는지 혼란스럽기만 한 천주도 모두 위험해지고 말 거라는 사실 또한 모르지 않았다.

그 와중에 시내의 모텔방에 남겨두고 온 진짜 천주는 점점 영의에게 집착하고 매달리기 시작했다. 하루에도 몇 번씩 제멋대로 날뛰는 천주의 기분을 맞추는 것은 그게 아무리 천주 자신이라도 어려운 일일 것처럼 보였다. 보험금을 받으면 영의가 자신을 버리고 도망갈 거라느니, 그럼 자신은 이번에야말로 진짜로 죽어버릴 것이고 그럼 그건 다 영의의 잘못이라느니, 천주는 시도 때도 없이 전화를 걸어 영의에게 갖은 욕설을 퍼부었다. 그러다가도 채 몇 분이 지나지 않아 이번엔 다 죽어가는 목소리로 자신에겐 영의밖에 없다며 말하는 사람도 듣는 사람도 모두 뻔한 거짓임을 알고 있는 사랑 노래를 아무렇게나 허공 위로 내던져버리고는 했다.

영의는 이제 두 천주 사이에서 어찌할 바를 모르고 괴로웠다. 마치 눈을 뜨건 감건 빛이라고는 하나도 없는 암흑뿐인 세상에 영의 홀로 갇혀버린 기분이었다.

몇 번이고 징그럽게 엉겨붙는 손길을 모르는 척 쳐내고 나자 천주는 더욱더 노골적으로 한껏 부풀어 오른 몸을 영의에게 붙여왔다. 그사이 영의가 사다 준 면도기로 말끔하게 밀어버린 수염은 노랗게 멍이 빠지기 시작한 턱 위로 이제는 그 흔적만을 남기고 있었다. 마치 발톱 아래로 낚아챈 먹잇감을 들여다보듯 자신을 내려다보는 눈동자가 그리고 그 안에 담긴 자신을 보는 것이 괴로워서 영의는 신음을 삼키는 척 베개 사이로 고개를 파묻고 일이 끝날 때까지 그대로 굳은 채로 조금도 움직이지 않았다.

몸을 거칠게 더듬어 내려가는 진짜 천주의 손길은 그 언젠가의 천주와는 달리 고통스럽고 싫기만 한 것이었다. 그렇게 느끼는 자신이 당황스러우면서도 영의는 지금 자신을 안고 있는 사람이 늘 자신을 향해 고요하고 잔잔한 미소를 지어 보이는 그 천주였으면 하고 간절히 바라게 되었다. 고스란히 들이치는 한낮의 해를 퀴퀴한 냄새가 나는 싸구려 커튼으로 대충 가려둔 아래서 오로지 천주의 욕구만을 풀기 위해 급하게 몸을 섞으면서 영의는 내내 집에 홀로 남겨진 천주를 생각했다. 그리고 그 부드럽고 조심스러웠던 손길도.

자신을 의심하고 협박하면서도 동시에 아이처럼 매달리는 천주를 억지로 떼어놓고서 영의는 집에 돌아오자마자 서둘러 누워 있는 천주에게로 갔다. 천주는 늘 그랬듯이 따뜻하게 영의를 맞아주었지만, 힘없이 창백한 얼굴은 무언가를 참는 듯 괴로워 보였다.

"왜…… 그래?"

하얀 알약이 말라붙은 입술 너머로 힘겹게 넘어가는 것을 지켜보던 영의가 불안한 얼굴을 하고 들고 있던 물컵을 내려놓았다.

"아니야, 아무것도. 그냥……. 무슨 냄새가 나서."

"무슨 냄새? 난 아무것도 안 나는데. 어지러워? 창문 좀 열까?"

황급히 일어나려는 영의의 팔을 천주의 기다란 손가락이 힘없이 잡아 내렸다. 마치 물방울을 붙잡아두고 있는 것처럼 미끄럽고도 부드러웠던 살갗은 어느새 푸석하게 말라 스쳐 지나갈 때마다 그 자리가 저릿하게 아플 정도로 끝이 거칠어져 있었다. 영의는 자신이 생각했던 것보다 훨씬 더 약해져버린 천주를 새삼 느끼고는 자꾸만 울음이 비어져 나오는 것을 들키지 않으려고 고개를 돌려버렸다.

"그 사람…… 돌아왔지?"

낮게 가라앉은 목소리가 그 어느 때보다도 아프게 살갗을 찔러왔다.

"어떻게…… 알았어? 그게 그러니까 일부러 숨기려고 그런 게 아니라……."

아무 말도 말라는 듯 천주는 팔 위로 얹은 손가락에 조금 더 힘을 주어 잡았다.

"괜찮아, 말하지 않아도 돼. 그냥……. 그 사람이 가까이 오면 알 수 있어. 어떤 냄새가 나거든. 아마 그 사람은 자기가 그렇다는 것도 모를 거야. 내 생각엔……. 이건 나만 알 수 있는 건가 봐."

천주가 모든 것을 알고 있었다. 영의는 금방이라도 무슨 말을 쏟아낼 것처럼 입을 열었다가 결국 굳게 다문 입술 위를 피가 나도록 깨무는 것을 선택했다.

"미안해."

한참 뒤에야 영의가 가쁜 숨을 내쉬듯이 작게 내뱉었다. 그렇게밖에 말할 수 없는 자신이 어쩌면 가장 나쁠지도 모른다고 영의는 생각했다.

"그렇게 말하지 마, 영의야. 난 다 괜찮아. 너한테 천주는 나 하나뿐이잖아. 그렇지?"

얕은 신음과 함께 천주가 손을 들어 올려 커다란 손바닥으로 영의의 뺨을 부드럽게 뒤덮었다.

"그렇지?"

확인하듯 재차 묻는 목소리가 조금은 떨리는 것도 같았다. 금방이라도 날아가버릴 것처럼 희미하게 남아 있는 서늘한 냉기를 느끼면서 영의는 눈을 감고 아주 살짝, 오직 천주와 자신만이 알아볼 수 있도록 고개를 끄덕였다.

갑자기 천주가 고통스럽게 기침을 토해냈다. 마치 온몸으로 흘러드는 그 지독한 냄새를 모조리 게워내려는 것처럼 괴로운 기침 소리가 끝없이 이어졌다. 영의에게서 나는 천주의 냄새가 천주를 죽이고 있었다. 영의는 그 말도 안 되는 현실에 어쩔 줄 모르고 그저 울부짖는 천주를 내려다보기만 했다.

"……좀 쉬고 있어. 금방 씻고 올게."

뒤틀리며 들썩이는 어깨 위로 손을 가져다 대자 천주의 몸 위로 순식간에 붉은 반점들이 돋아났다. 영의는 화들짝 놀라 뒤로 넘어지듯 서둘러 손을 거두어들였다.

"……가지 마……. 여기…… 있……."

고통을 참느라 처음 보는 낯선 모습으로 얼굴을 일그러뜨리면서도 천주는 영의를 잡은 손을 놓지 않았다. 언뜻 비치는 손바닥 사이가 물감이 번져가듯 불그스름하게 물들어 있었다.

"안 가. 아무 데도 안 갈게."

그런 천주의 등을 안심시키듯 쓸어내리면서 영의는 입술을 세게 깨물었다. 살갗을 파고든 단단한 이 사이로 연붉은 핏방울이 새어 나왔지만 아픈 것도 느끼지 못했다. 마침내 지독한 형벌 같던 기침 소리가 잦아들고 천주가 기절하듯 다시 잠에 빠져들었다. 영의는 그때까지 자신을 잡고 놓아주지 않던 천주의 손을 조심스럽게 이불 위로 내려놓았다. 반점으로 뒤덮인 손바닥 곳곳에 어느새 작게 물집이 올라와 있었다. 그것을 더는 보고 있기가 힘들어서 영의는 도망치듯 뒷걸음질 쳐 방을 빠져나왔다.

여전히 따뜻한 물이 나오지 않는 화장실에서 얼음장같이 차가운 물로 온몸이 시뻘게지도록 박박 문질러 닦으면서 영의는 소리 없이 울었다. 모든 것이 다 엉망이었다. 한때는 영의가 자기 자신보다 더 소중하게 생각했던 사람이 지난 몇 년간 그랬듯이 또 한 번 자신을 괴롭히고 있었다. 결국엔 천주는 모든 것을 망가뜨릴 것이 분명했다. 영의도. 그리고 이미 영의에겐 없어선 안 될 존재가 되어버린 새로운 천주도.

진짜 천주가 나타난 이후부터 천주는 아프기 시작했다. 그리고 영의는 이제 진짜 천주가 가까이 있을수록 천주가 고통스러워한다는 사실을 알게 되었다. 그 둘은 결코 함께 있어서는 안 되는 존재였다. 그리고 그들 중 누구도 먼저 자신과 똑닮은 얼굴을 향해 영의를 내놓지 않으리라는 것은 더욱더 분명했다.

천주의 몸은 그 변화가 눈에 또렷이 보일 정도로 점점 거칠게 말라갔다. 가루가 되어 부서져 내리기 시작한 살갗이 이불 위로 흩뿌린 고운 알갱이가 마치 연기처럼 작게 피어오르다 방 어딘가로 날아가 내려앉았다. 이러다 정말 천주가 사라져버리기라도 할까 봐 영의는 그 옆에서는 숨조차 마음대로 내쉴 수 없었다.

밤새 물을 가득 적신 수건으로 온몸을 닦아준 덕분인지 희미하게 새어 들어오는 빛 아래로 천주의 얼굴이 조금이나마 윤기를 되찾고 반짝거렸다.

이제 정말로 둘 중 하나를 선택해야만 해.

작은 물방울이 머물러 있을 새도 없이 순식간에 살갗 아래로 스며들어 사라지는 것을 바라보며 영의는 잠든 천주의 옆에 조심스럽게 얼굴을 맞대고 누웠다. 지금 눈앞에 있는 천주는 자신이 만들어낸 허상에 불과하다고, 머릿속 어디선가 나타난 목소리가 영의를 나무랐다. 영의의 옆에는 서서히 말라 죽어가고 있는 이 정체 모를 존재가 아니라 더럽고 어두운 모텔방 안에 홀로 남겨두고 온 진짜 천주가 있어야 한다고도.

영의도 그 말이 틀리지 않는다는 것을 알고 있었다. 마침내 그렇게 바라던 천주가 진짜로 나타났는데도 왜 자신은 조금도 기쁘지 않은 건지 영의는 생각하고 또 생각했다. 그러나 답은 찾을 수 없었다. 죄책감과 원망 그리고 형체를 알 수 없는 복잡한 감정이 그 시작점을 알 수 없는 어딘가에서 잔뜩 엉켜 도무지 풀어지지 않는 실타래가 되어 가슴을 콱 틀어막고 있을 뿐이었다.

그러다가 영의는 어느 순간 깨닫게 되었다. 이미 자신은 이 눈앞의 남자를 세상 무엇보다 사랑하게 되었다는 것을.

그리고 그게 천주의 허상이든, 무엇이든 더는 조금도 상관없어졌다는 것도.

영의는 고개를 기울여 천주의 귓가에 그들만이 들을 수 있을 정도로 작게 무언가를 속삭였다. 그러고는 마치 약속의 증표라도 되는 것처럼 차가운 입술 위에 내려앉은 입술을 오래도록 떼지 않았다.

진짜 천주에게 이제 자신은 그를 떠나 영영 돌아오지 않을 것임을 알려주어야 했다.

*

"약속 지켜요."

"알았다니까 그러네. 그쪽은 딴 건 신경 쓸 거 없이 남자 친구, 아니지 이제는 엑스겠네. 암튼 천주 걔나 확실히 데려와요. 걔가 눈치는 또 엄청 빨라서 지금쯤 뭔가 이상하다고 생각하고 있을지도 모르니까."

한참을 망설인 끝에 명함에 적힌 번호로 전화를 걸자마자 여자는 기다렸다는 듯이 앞으로 영의가 해야 할 작은 수고에 대해 자세하게 말해주었다. 천주를 제 앞에 데려다놓기만 하면 나머지는 천주와 자신이 알아서 할 테니 더는 걱정할 것 없다고 말하는 여자의 목소리가 그냥 그대로 믿어버리기에는 지나치게 위험한 무엇임을 알면서도 한편으로는 일종의 면죄부처럼 달게 느껴지는 것은 영의도 어쩔 수가 없었다.

떠올리기만 해도 무거운 한숨이 저절로 비어져 나오는 모텔 방으로 가기 전에 영의는 언제든 떠날 수 있도록 물건들을 모두 정리해두었다. 그리고 여전히 방 한가운데에 누워 있는 천주를 억지로 일으켜 따갑게 말라버린 입술 사이로 오래도록 물을 흘려넣었다. 의식이 없는 턱 아래로 자꾸만 물줄기가 새어 나왔지만 이제 천주의 몸은 그 물방울들을 빨아들여 제 것으로 만드는 것보다 더 빠르게 말라붙어 조각조각 갈라지고 있는 것처럼 보였다.

"금방 돌아올게. 그리고 어디로든 떠나는 거야. 우리 둘이서만."

방문 앞에 서서 영의가 작게 속삭였다. 그러나 문이 닫히고 다시 어둠이 내려앉은 자리에 싸늘한 바람이 맴도는 동안에도 어디에서도 대답은 들려오지 않았다.

"새로 있을 만한 곳을 찾았어. 여기보단 훨씬 지내기도 편하고 좋을 거야. 이제부터는 나도 거기서 같이 있을게. 내일 데리러 올 테니까 혹시라도 가져갈 거 있으면 미리 챙겨놔."

간밤에 마지막으로 본 천주는 웬일인지 평소와 달리 말도 안 되는 억지로 영의를 붙잡고 늘어지지도 욕설이 뒤섞인 혼잣말을 늘어놓지도 않는 차분한 모습이었다. 지저분한 벽지 위로 소리를 한껏 줄여놓은 텔레비전에서 흘러나오는 색색의

빛이 뜻 모를 웅얼거림과 박자를 맞추며 번쩍거렸다.

"내 말 들었어? 천주야. 고천……."

"알았어. 너야말로 준비할 게 많을 거 아냐. 그만 가봐."

문간에 선 영의를 돌아보지도 않고 천주가 무심히 마시고 있던 맥주캔을 내려놓았다. 그런 천주에게서 무언가를 찾아내려는 듯 가만히 지켜보고 섰던 영의가 마침내 조심스레 문고리를 돌려 걸어 나갔다. 그러나 느리게 닫히는 문 사이로 어느새 천주가 그 뒷모습을 돌아보고 있던 것을 영의는 끝내 알지 못했다.

약속한 시간이 지나도록 천주는 나타나지 않았다. 혹시라도 누군가 둘이 같이 있는 것을 볼 것을 걱정해 모텔에서 조금 떨어진 공용주차장에 차를 대놓고 기다리고 있기로 미리 말을 맞추어놓은 터였다. 그대로 꼬박 삼십 분을 더 기다리고 나자 이제 영의는 어쩐지 이상한 기분에 한기를 느끼고 팔을 신경질적으로 쓸어내렸다. 초조하게 밖을 내다보던 영의가 결국 차에서 내려 모텔로 이어진 언덕길을 빠르게 걸어 올라갔다.

"천……. 지금 안에 있어요? 잠깐 나와봐요. 저기요, 듣고 있어요?"

한참을 두드린 후에야 벌컥 열린 문 너머로 서 있던 것은 처음 보는 낯선 남자였다. 막 잠에서 깬 얼굴로 자신을 훑어보는 눈동자와 마주한 순간 영의는 천주가 또다시 사라져버렸다는 것을 깨달았다. 급하게 차를 돌리며 여자의 번호로 전화를 걸어보았지만 대답 없는 연결음만 이어지다 이내 기계가 무미건조하게 읊어대는 문장으로 넘어갈 뿐이었다.

무언가 잘못되었다.

불길한 예감이 자꾸만 숨 가쁘게 뒤를 쫓는 것만 같아서 영의는 연신 룸미러로 텅 빈 도로를 흘긋거렸다. 여자와 만나기로 한 장소로 들어서자마자 처음 보는 차 한 대가 급히 버리고 간 것처럼 운전석 문이 그대로 열린 채로 세워져 있는 것이 보였다. 그러나 영의는 어쩐지 그것이 여자의 차라는 것을 알 수 있었다. 서둘러 아무렇게나 차를 세워두고 그 앞으로 걸어가는 걸음이 마치 누군가 힘주어 붙잡고 있기라도 한 것처럼 잔뜩 무겁게 늘어졌다. 반쯤 열려 있는 문을 마저 젖히기도 전에 비릿한 무언가가 바람을 타고 역겨운 냄새를 풍겨왔다. 영의는 그대로 멈추어 선 채로 마치 흑백영화의 한 장면처럼 모든 것을 온통 시커먼 필름지 아래로 뒤덮어버린 창문 너머의 흔적들을 내려다보았다. 커다랗게 덩어리진 얼룩들이 그 언젠가 들었던 원진의 떨리는 목소리와 겹치며 이내 새빨간 핏물을 덧입기 시작했다. 정신없이 뒷걸음치는 걸음과 함께 허공을 더듬거리던 손이 이상하게 한쪽이 조금 솟아 있는 트렁크 위까지 떠밀렸다. 아귀가 맞지 않게 닫혀 있는 틈 사이로 비어져나온 옷가지를 조심스레 잡아당기자마자 영의는 숨소리도 내지 못하고 쓰러지듯 바닥에 주저앉았다.

무언가를 생각하기도 전에 누군가 그 안으로 손을 집어넣어 억지로 끌어 올리는 것처럼 위가 제멋대로 요동쳤다. 영의는 그대로 바닥에 얼굴을 묻고 괴롭게 토악질을 했다. 정체를 알 수 없는 알갱이가 땅을 짚고 간신히 온몸을 지탱하고 있는 손바닥 아래로 달라붙으며 아프게 생채기를 남겼지만 영의는 아무것도 느끼지 못했다. 그저 막 뱉어낸 찐득거리는 침 덩어리 옆에 무너지듯 누워 가쁜 숨을 내쉴 뿐이었다.

진짜로 천주가 그런 걸까.

마침내 가까스로 몸을 일으켜 걸어가면서 영의는 등 뒤로 남겨진 그 검붉은 덩어리를 떠올리지 않으려고 안간힘을 썼다. 한 가지 분명한 것은 천주가 이미 모든 것을 알아차렸다는 것이었다. 그리고 천주 나름의 방식으로 지금 그것을 영의에게 보여주고 있는 것일 터였다.

이제 영의는 매서운 바람 속에 손을 집어넣어 놓아버린 끈처럼 이미 제 손을 떠나버려 다시는 찾을 수 없게 된 천주에게서 벗어나야 한다는 것을 깨달았다. 그러지 않으면 천주는 자신이 원하는 것을 얻을 때까지 어떤 식으로든 그들을 망가뜨리고 말 것이었다. 단숨에 속도를 올린 차가 쫓기듯 왔던 길을 되돌아 달려가기 시작했다. 그리고 어느샌가 나타난 승용차 하나가 소리도 없이 그 뒤를 바짝 따라붙었다.

매섭게 혀를 날름거리는 파도 속으로 금방이라도 떨어져버릴 것처럼 영의의 몸이 한껏 기울어졌다. 핏자국이 말라붙은 손이 목 언저리를 억세게 짓누르며 그 위를 우악스럽게 떠밀었다. 한껏 악다구니를 내지르는 소리는 얼굴을 어지럽게 때려대는 물줄기에 가려 두서없이 토막이 난 채 허공 위로 흩어져버렸다. 영의는 이제 천주가 그토록 제게 하고 싶은 말이 무엇인지 조금도 알아들을 수가 없었다. 아마 숨이 가물거리며 자꾸만 검게 흐려지는 의식 때문일지도 몰랐다. 그러나 영의는 대신 눈을 아프게 찔러대는 어두운 물 아래에 가라앉아 있을 무언가를 생각했다. 천주가 있었던. 영의의 소원을, 은밀한 욕망을 그리고 무엇보다 순수했던 기도를 마침내 천주라는 선물로 되돌려주었던 그곳을.

내가 죽으면 천주 역시 사라지고 마는 걸까.

핏줄이 모두 터져 나가 붉게 물들어버린 눈을 하고서 영의는 마지막으로 천주를 생각했다. 이제 영의에게 천주는 단 하나뿐이었다. 그와 똑같은 눈이 되어 자신을 내려다보고 있는 이 남자는 한때 자신을 향했던 영의의 그 기이한 사랑을 영영 알 수 없을 터였다.

엉망으로 부어오른 입술이 그 사실에 안도한 것처럼 마침내 그 끝을 힘없이 풀어 내렸다.

그대로 반쯤은 파도에 집어삼켜진 채로 축 늘어진 영의를 내버려두고서 천주가 씩씩대며 몸을 일으켰다. 그러나 곧 자신을 향해 달려든 똑같은 얼굴에 들이받히며 저만치 나가떨어졌다.

"이게 무슨…… 씨……."

바닥 위로 나동그라진 가슴팍을 부여잡으며 천주가 얼굴을 찡그렸다. 그러나 또 다른 얼굴이 온 힘을 실어 내지른 주먹이 턱을 비껴나가 떨어지고, 서로 내뱉는 거친 숨이 고스란히 느껴질 정도로 가깝게 내려앉자 순식간에 할 말을 잃고 얼어버렸다.

"뭐, 뭐야. 너…… 그 얼굴……."

자신을 그대로 옮겨놓은 듯한 남자의 모습에 천주가 비명 같은 혼잣말을 내뱉는 사이 또 다른 천주가 거침없이 팔을 휘두르며 그 위로 몸을 기울였다. 온 힘을 실은 것이 분명한, 그러나 바람조차 일지 않을 정도로 약해빠진 그 몸짓을 번번이 피하면서 천주는 이제 눈앞에 나타난 그 존재가 무엇인지는 몰라도 자신을 향해 날것 그대로의 적대감을 온몸으로 내뿜고 있다는 사실을 알아차렸다. 다시 한번 주먹이 빗나가며 그러나 이번에는 누군가의 손톱이 먼저 할퀴고 지나간 볼 위를 치고 떨어지자 천주의 눈이 단번에 매섭게 번득거렸다.

"사람인지 귀신인지 알 게 뭐냐. 넌 오늘 죽는 줄로나 알아."

뒷주머니 어딘가에서 꺼내 든 날붙이가 댕강거리며 바닥을 긁는 소리가 그 뒤를 따라 스산하게 울부짖었다. 천주는 그대로 손을 휘둘러 끈질기게 제게 달려드는 그 정체 모를 남자의 몸을 몇 번이고 매섭게 베어냈다. 찢겨 나간 자리를 따라 남자의 옷 위가 순식간에 젖어들어갔다. 그러나 비틀거리며 서 있는 남자의 발밑으로 주르륵 떨어져 내리고 있던 것은 투명한 무언가였다.

"미친. 진짜 뭐야 저거……."

마치 징그러운 벌레를 발견한 것처럼 질겁을 하던 천주가 이내 한껏 사나운 얼굴이 되어 남자를 밀치고 그 위로 분풀이를 하듯 발길질을 쏟아냈다. 성난 발에 차인 몸이 이리저리 떠밀릴 때마다 그 자리 위로 쏟아진 말간 액체가 덩어리진 채로 작은 구슬처럼 흩어졌다 모여들기를 반복했다.

"하지…… 마. 천주…… 그냥 내버려둬……."

창백하게 질린 채로 금이 간 것처럼 이상한 무늬가 새겨지기 시작한 남자의 얼굴 위로 고스란히 내려앉으려던 발이 누군가의 손에 붙들려 멈칫거렸다. 어느샌가 깨어난 영의가 기침을 내뱉듯 간신히 나오지 않는 목소리를 쥐어짜내며 천주의 다리를 움켜쥐었다.

"뭐야. 너…… 설마 알고 있었어? 저게 뭔데? 도대체 뭐냐고!"

그러나 미친 사람처럼 소리를 내지르는 천주는 더 이상 보이지도 않는 듯 영의는 기다시피 비틀거리며 미동도 없는 남자를 향해 다가가고 있을 뿐이었다.

"천……주야. 천주…… 눈 좀 떠봐. 제발…….."

남자를 보호하듯 감싸안은 영의의 팔이 힘주어 파고들 때마다 한껏 메마른 살갗이 조금씩 바스락거리며 부서져 바닥으로 떨어져 내렸다.

"아니야, 아니야. 그게 아니지. 네 눈엔 저게 나라고? 영의야, 한영의! 정신 차려. 넌 지금 헛걸 보고 있는 거야. 그게 무슨…… 말이나 되냐고!"

시뻘겋게 달아오른 눈으로 여전히 자신의 모습을 한 그 뭔지도 모를 역겨운 존재를 노려보면서 천주는 언제나처럼 곧 영의가 고개를 돌리고 자신의 품으로 달려와 안길 것이라고, 그렇게 생각했다. 누구보다 서로를 가장 잘 아는 두 사람이 각자의 아픈 곳을 정확히 후벼 파서 더 큰 상처를 내고 또 그 흉터가 새살로 덮여갔던 오랜 시간 동안 늘 먼저 돌아온 것은 영의였으니까. 자신이 아무리 괴롭게 울리고 몇 번이나 제멋대로 떠나버린대도 영의는 절대로 천주를 떠나지 않을 테니까.

그러나 여전히 남자를 어느 것보다 소중한 무엇처럼 끌어안고서 천천히 자신을 돌아보는 영의의 눈에 이제는 지독한 증오와 원망밖에 담겨 있지 않다는 것을 깨달은 순간 천주는 자신이 마침내 영의를, 언제나 자신에게 주어지는 게 당연하다

고 생각했던 그 사랑을 영영 잃어버렸음을 온몸으로 느낄 수
있었다.

"……진짜로 나 말고 뭔지도 모를 저걸 더 원한다고? 그럼
안 되지. 세상 사람 다 그런 대도 넌 나한테 그럼 안 되는 거거
든. 너한텐 나밖에 없다고, 네가 그랬었잖아. 그새 잊어버렸
어?"

상처로 일그러졌던 얼굴 위로 곧 무서우리만치 잔인한 웃음
이 피어올랐다.

"잘 봐. 누가 진짜 고천주인지."

천주의 손안에서 무언가 날카롭게 번쩍이자 영의가 그 앞을
막아서듯 몸을 돌려 힘껏 팔을 내뻗었다. 곧 색을 잃고 투명하
게 변해가기 시작한 창백한 얼굴 위로 검붉은 핏방울이 비가
되어 쏟아져 내렸다. 그리고 동시에 남자가 감았던 눈을 번쩍
떠올렸다.

괴로운 신음을 내뱉는 영의를 조심스럽게 바닥에 눕혀놓고
서 몸을 일으킨 남자가 천주를 향해 전속력으로 달려들었다.
그러나 천주가 조금 더 빨랐다. 무자비하게 어깨를 휘어잡은
손이 남자의 몸을 바닥으로 사정없이 내던졌다. 속도를 이기
지 못하고 바닥을 구르며 미끄러진 남자의 몸이 멈추어 서기
가 무섭게 딱딱하게 말라붙은 팔 하나가 산산이 부서져 떨어
져 나갔다. 그 위로 피어오른 하얀 안개 같은 먼지가 허공을 떠

도는 물방울 사이로 달라붙으며 마지막으로 폭발하듯 아주 잠깐 눈이 아플 정도로 반짝거리다 이내 희미하게 사라져버렸다. 멍하니 그것을 올려다보던 천주가 갑자기 미친 사람처럼 웃음을 터뜨렸다.

"그럼 그렇지, 이 괴물 새끼가. 넌 가짜야. 사라져버리면 아무것도 아닐 가짜라고."

그러나 승리의 미소로 가득 피어올랐던 얼굴이 순식간에 고통으로 일그러졌다. 맥없이 꺾이는 무릎을 따라 제멋대로 쓰러져 내리면서 천주는 천천히 고개를 돌려 자신의 가슴께를 내려다보았다. 어느샌가 단단히 꽂혀 있는 날붙이 아래로 난데없이 나타난 검붉은 발자국이 그 흔적을 아무렇게나 찍어내고 있었다.

마침내 두 천주의 시선이 마주쳤다. 어느새 얼굴 위로 쏟아졌던 핏방울을 말끔히 지워낸 낯선 얼굴로 천주가 또 다른 천주를 무섭게 노려보았다. 갑자기 남의 것처럼 좀처럼 힘이 들어가지 않는 몸이 금방이라도 차가운 바닥 위로 고꾸라질 것처럼 기우는 것을 느끼면서 천주는 당황스러웠다. 그러나 역시 무슨 일인지 조금도 움직일 수 없게 된 눈동자는 그 매서운 시선을 고스란히 받아내며 붉게 물들어가고 있을 뿐이었다. 곧 부릅뜬 눈에서 시린 눈물이 줄줄 흘러 나와 상처로 얼룩진 뺨을 가득 적시기 시작했지만, 천주는 마치 굳어버린 것처럼 숨조차 마음대로 내쉴 수가 없었다. 무슨 말을 내뱉으려는 듯 힘겹게 움찔거리던 입술이 그대로 핏기를 잃고 말라붙었다. 마침내 천주의 몸이 둔탁한 소리를 내며 바닥으로 쓰러져 내렸다. 그와 동시에 모든 힘을 다 써버린 것처럼 천주 역시 눈을 감으며 품에 안아 들고 있던 영의의 몸을 감싸듯 그 위로 천천히 엎어졌다.

누구도 알아차리지 못할 만큼 아주 잠깐의 고요가 거친 파도 소리마저 앗아가며 그들의 머리 위로 머물렀다. 그러나 곧 본 적 없는 커다란 파도가 기다렸다는 듯이 방파제를 한입에 삼켜버릴 듯이 달려들었다. 마치 어딘가로 끌고 가려는 듯 세차게 소용돌이치는 물살에 휘감긴 두 사람의 몸이 밀려 나가는 파도에 함께 서서히 미끄러졌다.

"어, 어딜 가려고……. 안 돼……."

입안에 고인 불그스름한 물을 울컥 뱉어내며 천주가 죽을힘을 다해 또 다른 천주와 한 몸처럼 얽혀 들어간 영의의 팔을 잡고 놔주지 않았다. 그러나 곧 아무렇게나 풀린 눈이 어딘가를 향해 영영 멈추어 선 천주의 몸까지 함께 물살 위로 떠오르며 그들은 그대로 바다로 빨려 들어갔다.

목 안으로 콧속으로 들이차는 바닷물이 숨을 쉴 수 없을 정도로 맵고 알싸했다. 이제 보이는 것은 끝없는 어둠뿐이었다. 영의는 점점 의식을 잃고 아래로 아래로 가라앉았다.

그때 누군가 흐물거리는 영의의 몸을 붙잡고 입을 맞추었다. 이러다 터져 나가는 것은 아닐까 싶을 정도로 귀가 어지럽게 울리는 사이로 입안으로 흘러드는 따뜻한 숨결이 조금씩 느껴지기 시작했다. 힘겹게 뜬 눈에 얼핏 보인 것은 천주였다. 말라비틀어져 군데군데 떨어져 나갔던 살갗이 순식간에 차오르며 그 어느 때보다도 밝게 반짝거리고 있었다. 막 잠에 빠져들려는 것처럼 몽롱한 의식 속에서 영의는 무슨 말을 하려다가 곧 그만두었다.

이건 진짜일까 아님 내가 또 무슨 꿈을 꾸고 있는 걸까.

어느 쪽이든 이제 아무래도 상관없었다. 지금 영의의 곁에 천주가 있다는 것만이 중요할 뿐이었다. 그리고 그 둘은 늘 함께일 것이었다. 언제까지나.

더는 머릿속이 울리지도 숨이 답답하지도 않고 편안했다. 영의는 온몸을 부드럽게 내리누르는 바다의 무게를 느끼면서 천천히 깊은 잠에 빠져들었다.

*

이른 아침의 공항이 저마다 정해진 어딘가로 떠나려는 사람들로 쉴 새 없이 복작거렸다. 불그스름한 흉터가 길게 늘어져 있는 손 하나가 숫자를 깜빡거리고 있는 저울 위에서 막 가방 하나를 들어 올렸다.

"수하물로 부치시겠어요?"

고개도 들지 않은 채로 직원이 무언가를 바쁘게 적어 내려가며 물었다. 그 모습을 가만히 지켜보던 여자가 마치 절대 빼앗기지 않을 무언가를 지키듯이 가방을 조용히 자기 쪽으로 끌어당기며 대답했다.

"아니요, 들고 갈 거예요. 소중한 게 들어 있어서요."

그렇게 말하는 목소리가 기이하리만치 고요하고도 또 어쩐지 조금은 기쁜 것 같기도 해서 직원은 잠시 멍해진 얼굴을 들어 어느새 저만치 멀어져가는 뒷모습을 건너다보았다. 그저 매일같이 보는 수많은 여행객 중 하나였다. 아니면 마침내 집으로 돌아가려는 누군가거나.

그러나 이상하게도 자꾸만 그 위로 시선이 내려앉는 이유가 딱히 떠오르지 않아서 직원은 잠시 눈썹을 가늘게 찌푸렸다.

분명 옆에 뭐가 같이 있었던 것도 같은데. 아닌가.

인파 속으로 완전히 사라져버린 그 뒷모습을 바쁘게 좇던 시선이 어느새 앞에 다가와 선 그림자를 발견하고는 놀랄 만큼 빠르게 다시 사무적인 그것으로 되돌아갔다.

"여권 주시겠어요?"

모니터에 시선을 고정한 채 직원이 그 위를 올려다보지도 않으며 물었다.

크고 작은 비행기들이 다시 떠나기만을 줄지어 기다리고 있는 커다란 통유리창 앞에 서서 영의는 마지막으로 윤진에게 전화를 걸었다.

"그 섬 이름이 뭐랬더라? 나도 참, 몇 번을 말해줘도 그새 또 까먹네. 근데 거기에 뭐가 있어? 막상 갔는데 볼 거라고는 바다밖에 없는 거 아니야?"

"그거면 충분해요."

"바다를 그렇게 좋아하는 줄은 또 몰랐네. 아무튼 언제고 마음 바뀌면 연락해. 사실 지금도 마음 같아서는 가지 말라고 바짓가랑이를 붙잡고 늘어지고 싶은데 그래도 자기도 이제는 다 정리한 것 같아서 그래서 보내주는 거야. 영의 씨, 영의야. 이제는 앞만 보고 가. 지나간 건 생각도 하지 말고, 알았지? 응?"

대답 대신 영의는 묘한 미소를 지으며 유난히도 햇살이 눈부시게 비쳐 들고 있는 창가로 조금 더 다가가 섰다. 탑승수속 시작을 알리는 방송이 울리자 옆에 나란히 세워둔 캐리어와 함께 빠르지도 느리지도 않게 걸어가는 걸음이 바쁘게 모여들기 시작한 사람들 속으로 섞여 들어갔다. 그들이 머물렀던 자리 위로 투명한 물 같은 무언가가 조금 고여 있다가 순식간에 사라져 공기 중에 반짝거렸다.

아무도 모르는 내 안의 비밀스러운 마음이 스스로 감정을 먹고 자라나 어느 날 갑자기 온전한 형체를 갖게 된다면.

일어나기를 너무도 간절히 바란 어떤 일이 결코 원하지 않았던 모습으로 나타난다면 우리는 과연 어디까지 감당할 수 있을까.

이런 작은 생각들이 모여 소운과 진겸 그리고 영의의 이야기는 시작되었습니다.

나이도, 처한 상황도, 누구도 알지 못하게 마음속에 숨겨둔 소원마저도 모두 다른 세 사람을, 그 아래에 무엇이 들어 있는지 가늠조차 할 수 없는 깊고 어두운 바다가 손짓해 부릅니다.

그러고는 그 앞에 그토록 원하던 대답을 꺼내어 보여줍니다.

바로 '그들'의 모습으로요.

그 순간부터 모든 것은 이제 한 번도 생각해본 적 없는 방향으로 흘러가게 되죠.

'그들'의 존재는 이야기를 구상할 때부터 무엇인지 직접적으로 말하지 않겠다는 생각이었습니다. 세 사람의 이야기를 통해 자연스럽게 도달하게 되기를 바라면서요.

사람들 앞에 나타나는 '그들'의 모습 역시 매 순간 다르게 보이기를 원했습니다. 각자가 가지고 있는 욕망의 크기와 모양, 농도는 결코 같지 않기에.

욕망이 눈에 보이는 몸을 덧입고 자기만의 마음마저 갖게 되었을 때, '그들'은 더 이상 우리가 붙잡아둘 수 없는 전혀 다른 존재가 되어버립니다.

언제나 내 안에 속해 있고, 잘 알고 있다고 생각했던 감정이 더는 예측하거나 억누를 수 없는 낯선 무언가로 변해버렸을 때 우리는 어떤 선택과 결정을 내리게 될까요? 그럼으로써 우리의 이야기는 앞으로 또 어떻게 달라지게 될까요?

이러한 의문에 대한 제 상상을 이 하나의 이야기로 담았습니다.

세상에 있는 수많은 책 중에서 이 책을 선택해주시고 귀한 시간을 내어 읽어주신 독자분들께 머리 숙여 진심으로 감사드

럽니다.

이야기의 단 한 문장이라도 여러분의 가슴 깊이 가닿을 수 있다면 참 좋겠습니다.

고맙습니다.

국지호

그들은 바다에서 왔다

© 국지호, 2024

초판 1쇄 인쇄일 2024년 6월 7일
초판 1쇄 발행일 2024년 6월 19일

지은이　　국지호
펴낸이　　정은영
편집　　　박서령 박진혜 정사라
디자인　　홍선우
마케팅　　최금순 이언영 연병선 윤선애 최문실
제작　　　홍동근

펴낸곳　　네오북스
출판등록　2013년 4월 19일 제2013-000123호
주소　　　04047 서울시 마포구 양화로6길 49
전화　　　편집부 (02)324-2347, 경영지원부 (02)325-6047
팩스　　　편집부 (02)324-2348, 경영지원부 (02)2648-1311
이메일　　neofiction@jamobook.com

ISBN 979-11-5740-417-9 (03810)